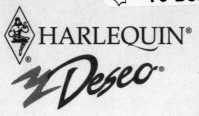

TÍPICAMENTE MASCULINO
Cait London

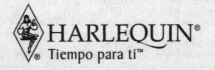
HARLEQUIN®
Tiempo para ti™

NOVELAS CON CORAZÓN

Editado por HARLEQUIN IBÉRICA, S.A.
Hermosilla, 21
28001 Madrid

I.S.B.N.: 84-396-7930-0
Depósito legal: B-8416-2000
Editor responsable: M. T. Villar
Diseño cubierta: María J. Velasco Juez
Composición: M.T., S.A.
Avda. Filipinas, 48. 28003 Madrid
Fotomecánica: PREIMPRESIÓN 2000
c/. Matilde Hernández, 34. 28019 Madrid
Impresión y encuadernación: LITOGRAFÍA ROSÉS, S.A.
c/. Energía, 11. 08850 Gavá (Barcelona)
Fecha impresion para Argentina:3.10.00
Distribuidor exclusivo para España: M.I.D.E.S.A.
Distribuidor para México: INTERMEX, S.A.
Distribuidores para Argentina: interior, BERTRAN, S.A.C. Vélez
Sársfield, 1950. Cap. Fed./ Buenos Aires y Gran Buenos Aires,
VACCARO SÁNCHEZ y Cía, S.A.
Distribuidor para Chile: DISTRIBUIDORA ALFA, S.A.

Capítulo Uno

—Lo que me faltaba, una mujer —murmuró Tyrell, observando a la joven que ascendía por el camino con paso firme y decidido.

Seis meses antes, Tyrell Blaylock era un poderoso ejecutivo de Nueva York, pero en aquel momento sólo era un hombre en busca de paz. Se había retirado a su cabaña en las montañas Rocosas de Wyoming para no ver a nadie, ni siquiera a su familia.

Tyrell se secó el sudor de la frente con el antebrazo y volvió a levantar el hacha para seguir con su tarea. Lo relajaba cortar leña, lo ayudaba a ordenar sus pensamientos.

Primer golpe, tenía que serenar su temperamento salvaje, segundo golpe, tenía que encontrar a quien había propagado los escandalosos rumores sobre él. Alguien que había estado investigando sobre su trabajo, sus tarjetas de crédito, sus cuentas en el banco, sus facturas de teléfono. Tercer golpe... el hacha se clavó en el tronco del árbol, casi partiéndolo por la mitad, volver a casa era parte del plan para poner sus ideas en orden.

Un halcón sobrevolaba el cielo cargado de nubes buscando una presa, mientras Tyrell volvía a levantar el hacha, sin dejar de observar a la mujer que se acercaba a su escondite. Las mujeres siempre habían querido algo de él, dinero, seguridad, posición social. Y, una vez, él también había querido eso. Pero ya no. Sólo quería tranquilidad. La mirada de Tyrell se deslizó hasta el pequeño pueblo en el valle, rodeado de verdes prados. Su abuelo, Micah Blaylock, había sido el primer habitante del pueblo, al que había bautizado con el nombre de Jasmine. Y, desde entonces, el apellido Blaylock era el más respetado de la zona. El más joven de siete hermanos, Tyrell había vuelto a Jasmine para buscar lo que había dejado atrás. Durante años, su único objetivo había sido convertirse en un gran ejecutivo y lo había logrado. Él había convertido la empresa Mason, una pequeña empresa de transportes, en una gran compañía internacional, propietaria de otras pequeñas empresas filiales con variados intereses, pero había pagado un alto precio por ello. Había estado alejado de sus raíces durante demasiado tiempo.

La vieja cabaña de su abuelo era su refugio y reconstruirla era justo lo que necesitaba.

Pero no había sido fácil volver y enfrentarse con sus remordimientos. Nunca podría olvidar la última llamada de su padre. Debería haber vuelto a casa entonces, pero estaba demasiado ocupado ganando dinero.

Poco después, sus padres habían muerto en un accidente de tráfico y Tyrell se preguntaba si algún día podría quitarse aquel peso del corazón.

Estaban a mediados de mayo y pronto los capullos se convertirían en rosas y nuevas hojas crecerían en los árboles, pero todo a su alrededor parecía cargado de tristeza.

Tyrell paró un momento para respirar el aire fresco de la mañana y volvió a fijarse en la mujer que, inasequible al desaliento, seguía avanzando por la pendiente.

La mujer, vestida con un jersey rojo y pantalones cortos color caqui, cruzaba el riachuelo en aquel momento y se fijó en sus botas de montaña y en las estilizadas piernas.

Estaba harto de mujeres, no quería saber nada de ellas. Hillary Mason había dejado una cicatriz en su corazón. Su ex novia, la hija de su jefe, no había sido el amor de su vida, pero sí un buen apoyo para escalar puestos en su carrera profesional, algo de lo que siempre se arrepentiría. Y, después de una relación de cinco años, Tyrell había esperado que creyera en su palabra. Pero se había equivocado.

Alguien había intentado deliberadamente sabotear su carrera, propagando sucios rumores sobre su vida privada. Incluso había enviado una carta a Mason insinuando que había vendido la lista de clientes a una empresa competidora.

Melvin Mason, un hombre frívolo, celoso dc la juventud y el atractivo de Tyrell, había empezado a desconfiar de su director general y, de repente, había decidido que quería controlar la empresa personalmente.

Después de hacerle ganar millones, Tyrell esperaba que su futuro suegro y jefe durante diez años confiara en él, pero Mason había creído lo que más le convenía y, sin esperar, sin hacer preguntas, había decidido prescindir de sus servicios.

Un error por su parte. Cuando los clientes de Tyrell se enteraron de que iba a abandonar la empresa, cancelaron todos sus contratos.

Al principio, cuando empezaron los rumores sobre su escandalosa vida privada, Tyrell no les había dado importancia; tenía suficiente con controlar los intentos de Mason para apartarlo de la empresa. Pero una semana antes de que lo echara de su despacho, su instinto le había dicho que algo iba a ocurrir. Tyrell empezó entonces a destruir lo que le había costado diez años levantar. El último día, tocando una sola tecla de su ordenador, el daño que le había hecho a Mason era irreparable.

Descendiente de apaches y conquistadores españoles, Tyrell sabía cómo pelear. Había dejado la empresa Mason sólo en la cáscara, igual que la había encontrado diez años atrás. Después, se había marchado, asqueado por el estilo de vida que una vez había deseado con todas sus fuerzas.

Para olvidarlo todo había vuelto a Jasmine, Wyoming, y a su familia, los Blaylock. Había intentado olvidar su decepción y su rabia y reconstruir su vida.

No quería interrupciones, ni visitas, pensaba mirando a la mujer que iba a invadir su territorio. Ella se había sentado sobre un tronco y se estaba quitando la gorra. Una mata de rizos pelirrojos se desparramó entonces, brillando bajo el frío sol de la montaña.

La mujer sacó algo de la mochila y se sentó a descansar tranquilamente.

Cuando empezara a llover, aquella pelirroja cambiaría de opinión y desharía el camino, pensaba Tyrell. Y entonces él podría recuperar la tranquilidad...

—Quiero que me vea llegar —murmuraba para sí misma Celine Lomax. Después de todo un año intentando destruir la carrera de Tyrell Blaylock, estaba dispuesta también a quitarle sus tierras. Había gastado todos sus ahorros intentando recuperar lo que, según su abuelo, les pertenecía. La obsesión de Cutter Lomax habían sido aquellas tierras arrebatadas por los Blaylock y Celine había construido su vida y su carrera sobre esa creencia. Se había hecho topógrafa para vengar a su abuelo.

Y el mimado hijo pequeño de los Blaylock era su objetivo.

Durante años había trabajado duramente y había ahorrado cada céntimo para financiar su venganza contra los Blaylock y su amigo Boone Llewlyn.

En ese momento, empezaba a llover y Celine movió los hombros, doloridos por el peso de la mochila en la que llevaba todas sus posesiones. Después de pagar las facturas de su padre y su abuelo, apenas le había quedado nada. Pero le daba igual. Había crecido escuchando: «Hay que hundir a los Blaylock» y eso era lo que se disponía a hacer.

La lluvia empapaba su ropa y Celine respiró el aire fresco y limpio. Le gustaba estar al aire libre. La marcha a buen paso y su decidido propósito hacían que se olvidara del frío.

Estaba en medio del camino de hierba cuando lo vio.

A pesar de la cortina de lluvia, pudo reconocer al menor de los Blaylock. Tenía el aspecto de un predador, con los ojos negros, la mandíbula cuadrada y una boca que parecía esculpida. Sin camisa, con unos gastados pantalones vaqueros y una cinta roja en la frente, parecía un salvaje.

Su abuelo decía que los Blaylock tenían el aspecto de sus ancestros apaches y españoles, que eran una familia de piel y cabello oscuros, musculosos y fuertes. Decía que podría reconocerlos por sus *ojos españoles*, ojos expresivos y oscuros. Y, en ese momento, aquel hombre alto y fuerte la estaba observando.

Sin que él lo supiera, ella lo había observado seis meses atrás, en Nueva York, pero entonces iba vestido con un traje de diseño italiano. No había esperado contemplar el oscuro pecho desnudo ni sus largos y poderosos brazos. Todos los músculos de su cuerpo parecían en tensión mientras se dirigía hacia ella. Celine parpadeó. Aquel cuerpo no había sido trabajado en un gimnasio, aquellos músculos eran fruto del trabajo duro. Ella lo sabía muy bien. Con los pantalones vaqueros y la cinta roja en la cabeza, parecía salido de un retrato del salvaje Oeste. Y el largo cuchillo que llevaba en la cintura era una clara amenaza.

Cuando se colocó a su lado, Celine tuvo que disimular un escalofrío. Con los mocasines clavados en la tierra, las poderosas piernas abiertas y los brazos cruzados sobre el pecho, tenía un aspecto imponente. Tyrell Blaylock era un gigante comparado con su metro sesenta y cinco de estatura. Y no había nada amistoso en sus ojos negros. Quizá había ido demasiado lejos, pensaba Celine... pero no podía dejarse amedrentar. Había luchado mucho para destruirlo.

–Lo mejor será que nos ahorremos formalidades. Soy Celine Lomax y tú eres Tyrell Blaylock, antiguo ejecutivo de la empresa Mason –dijo, mirándolo a los ojos. Tyrell levantó las cejas, sorprendido–. Veo que reconoces el apellido. Cutter Lomax era mi abuelo y he venido a recuperar lo que le pertenecía. No te preocupes. No intento quitarte todas tus tierras, pero sí las que legalmente pertenecían a mi abuelo. Habrás oído hablar de Cutter Lomax, supongo.

–¿Cómo te enteraste de que trabajaba para Mason? –preguntó él, mirándola de arriba abajo. Sus palabras eran cortantes, profundas y llenas de advertencia.

Celine levantó la barbilla. No iba a ser fácil, pero conseguiría recuperar las tierras que aquel arrogante salvaje creía suyas. Su abuelo y su padre habían muerto amargados, sin conseguir arrebatarle a aquella familia lo que legalmente les pertenecía. El alcohol y el odio contra los Blaylock habían sido su tumba.

Y Celine había heredado su sed de venganza. Había llegado hasta allí y pensaba decir lo que había esperado decir durante tanto tiempo.

–Te estás lamiendo las heridas, Blaylock, y he sido yo quien te las ha causado. No volverás a comprar ni vender acciones. No volverás a hundir pequeñas empresas para unirlas al imperio Mason. Pero es posible que puedas trabajar en una de ellas como botones, o como chico de los recados –dijo, con todo el odio que guardaba en su interior–. Vamos a ver, recuerdo una pequeña empresa de transportes que, con tu cerebro calculador, se convirtió en una compañía internacional. Pero, poco a poco, el jefe se dio cuenta de que tenías demasiado control, que sabías demasiado y que eras una amenaza para él...

–Lomax –advirtió Tyrell, con los dientes apretados.

–Mi empresa me envió a hacer el estudio topográfico de unos terrenos que pertenecían a Mason, en Montana. Y entonces descubrí que trabajabas para él. Blaylock, el apellido que mi abuelo odiaba con todas sus fuerzas. Mi abuelo murió arruinado, igual que mi padre. Deberían haber tenido una vida decente, pero gracias a vosotros no pudieron tenerla.

–¿Tú eres la mujer que le dijo a mi ex... a Hillary Mason que estabas embarazada y que yo era el padre? –preguntó Tyrell. Su voz era grave, profunda, cargada de tensión. Celine sonrió. Su plan había funcionado–. ¿Eres tú quien envió una carta a Melvin Mason diciendo que yo le había vendido la lista de clientes a una empresa de la competencia?

–Estoy muy orgullosa de esa carta. Charlando con algunos de tus empleados me enteré de que Mason estaba celoso de ti y se me ocurrió la idea.

–Y también eres la mujer de la peluca rubia que le preguntó a Hillary dónde estaba mi oficina porque *yo* había llamado a una agencia de *contactos* –murmuró él, deslizando la mirada por el cuerpo atlético de la mujer.

–Sí. Tenía un par de días de vacaciones –sonrió Celine, irónica–. Tu ex novia se quedó helada. Especialmente cuando le dije que todas mis compañeras de la agencia de contactos te conocían.

–¿Cómo conseguiste información sobre mí? –su voz sonaba como un látigo cortando el aire.

–Tu secretaria es una mujer encantadora –contestó ella, irónica–. Un día nos encontramos en el cuarto de baño de tu oficina. Ese día yo iba disfrazada de señora de limpieza con problemas familiares y, charlando, charlando, la pobre me dio todo tipo de detalles sin darse cuenta –explicó. A Celine casi le daba vergüenza haberla sonsacado, pero lo único importante para ella era hundir a Tyrell Blaylock.

–¿Por qué me cuentas todo eso ahora? ¿No te das cuenta de que podría demandarte por arruinar mi carrera con falsos rumores?

–Estaba esperando que dijeras eso, pero no creo que hagas nada –replicó Celine–. Estoy segura de que intentarás proteger a tu familia y tu reputación... o lo que queda de ella. No querrás que nadie sepa que los Blaylock son unos ladrones de tierras.

–Volvamos al principio, Lomax. ¿Por qué yo? Tengo muchos hermanos.

–Tú eres el más pequeño de los Blaylock. El preferido de todos. Tú, con tus trajes italianos y tu aire de seguridad. Una vez te vi en Nueva York, con aquel repugnante aspecto de niño mimado –contestó ella–. Quería arruinar la vida de un Blaylock, como vosotros habíais hecho con la vida de mi abuelo y mi padre. Y lo he conseguido.

Celine dijo aquello con toda la rabia que había guardado dentro de sí durante años. Mientras Tyrell Blaylock había tenido una vida fácil y cómoda, ella se había visto obligada a ganar cada céntimo con el sudor de su frente. Había conseguido estudiar en la universidad a base de becas deportivas, mientras trabajaba para cuidar de su abuelo y de su padre. Ellos eran todo lo que tenía. Su madre los había abandonado cuando Celine tenía un año y su infancia había sido muy desgraciada. En realidad, no recordaba haber sido feliz un sólo día de su vida. Sus relaciones amorosas se limitaban a algún doloroso y humillante escarceo sexual en el asiento trasero de un coche.

Celine estudió el cuerpo alto y atlético del hombre que tenía frente a ella. Para un hombre con el aspecto de Tyrell todo habría sido fácil, incluso el sexo.

–Esto podría terminar ahora mismo con una llamada a la policía, pero no voy a hacerlo, Lomax. Voy a disfrutar viendo la expresión de tu cara cuando te enteres de que estas tierras siempre le han pertenecido a los Blaylock –sonrió Tyrell con frialdad, alargando la mano para rozar la cara de la joven.

Celine sintió un escalofrío. Tyrell Blaylock la estaba diseccionando con los ojos y tuvo que respirar profundamente. No podía dejarse amilanar por la mirada oscura que se clavaba en sus ojos. Nunca la habían mirado de aquella manera... los hombres la consideraban uno del grupo, un trabajador más. Y no le gustaba nada la media sonrisa de Tyrell Blaylock; él no la estaba tomando en serio. Pero tendría que hacerlo cuando consiguiera las pruebas necesarias para arrebatarle sus tierras.

–Sólo tienes treinta y siete años, Blaylock. Puedes rehacer tu vida... –sonrió, irónica–. Cuando te vi en Nueva York, parecías dispuesto a comerte el mundo. Y entonces supe que había elegido bien. Hice algunas averiguaciones y descubrí que habías conseguido becas en la universidad y que eras brillante en ciencias y matemáticas. Un chico muy listo. Ah, por cierto, esa cinta en la frente es un toque ideal. Un ejecutivo jugando a los apaches, vaya, vaya...

–Gracias –sonrió Tyrell. Pero la sonrisa era helada–. Te saco dos cabezas, estás en *mi* montaña y te atreves a venir a amenazarme... vaya, vaya. Veo que *tú* no eres muy lista. Supongo que también fuiste tú quien dejó un mensaje en la empresa diciendo que me esperabas en un sucio motel y que no olvidara llevar la ropa de cuero, ¿verdad? ¿No te parece un poquito exagerado?

Celine parpadeó inocentemente.

–¿Yo hice eso? Qué tonta. Y sobre lo de mi tamaño...

–Es inversamente proporcional al tamaño de tu boca –la interrumpió él–. Pero vas a necesitar mucho más que amenazas para quitarnos las tierras, Lomax. No sé de dónde has sacado que mi familia se las arrebató a tu abuelo.

–Él me lo contó –contestó ella, levantando la barbilla.

–¿Sólo por eso?

–Es suficiente para mí. Mi abuelo me contó la historia miles de veces. Él tenía el mejor rancho de la zona, pero tu abuelo y Boone Llewlyn se pusieron de acuerdo para quitárselo. Lo acusaron de haber vallado un terreno que no le pertenecía y no dejaron de acosarlo hasta que el juez lo envió a la cárcel. Pero el juez estaba comprado. De ese modo conseguisteis las tierras –explicó, con los dientes apretados–. Yo soy topógrafa, Blaylock, y muy buena. Sé cómo leer unas escrituras y enterarme de la verdad. Si una valla se hubiera movido, yo lo sabría. Si alguien hubiera movido una piedra hace cincuenta años, yo lo sabría –añadió. Sus ojos verdes relampagueaban–. Y soy especialmente buena descubriendo escrituras falsificadas. Elegí mi carrera con eso en mente. Mi objetivo es arruinar a los Blaylock.

Celine se obligó a sí misma a no retroceder cuando Tyrell le quitó la gorra para acariciar sus rizos. No se dejaría intimidar.

–A ver si lo entiendo –murmuró Tyrell–. Has dedicado tu vida a probar que tu abuelo decía la verdad.

Él estaba jugando con su pelo, enredándolo entre sus dedos, como si fuera una niña. Y si había algo que la sacara de quicio era que un hombre jugara con ella, que no la tomara en serio.

–Cutter Lomax no me mentiría –dijo Celine, apartándose–. Alguien movió las vallas. ¡Tu abuelo envió a la cárcel a un hombre inocente para robarle sus tierras!

La mirada perezosa de Tyrell se deslizaba por su cuerpo y Celine odiaba lo que aquella mirada la hacía sentir.

–Lo estás diciendo en serio, ¿no? Quieres reabrir un pleito que tuvo lugar cincuenta años atrás. Quieres venganza.

–Exactamente.

–Muy bien, niña –susurró él, estirándose perezosamente. Celine tuvo que apartar los ojos del cuerpo masculino. Había visto muchos hombres sin camisa, pero nunca había sentido aquel... deseo inesperado–. Entonces, tendrás que enfrentarte conmigo. Es un honor que me hayas elegido a mí como objeto de tu venganza. Me hace sentir tan especial... –sonrió. Celine se dio cuenta entonces de que Tyrell Blaylock estaba flirteando con ella y lo miró con sorpresa. Sólo los hombres desesperados por encontrar una mujer se habían insinuado con ella. Y Celine había cortado esas insinuaciones de raíz. Pero aquel hombre, hermoso como un dios pagano, estaba flirteando con ella. Tyrell Blaylock no se sentía amenazado. Pero le daba igual. Lo tenía acorralado–. Será mejor que esto quede entre nosotros dos. ¿De acuerdo, Lomax?

–Veo que intentas llegar a un acuerdo, Blaylock. Estás preocupado y esa es buena señal.

–¿No has pensado que podrías estar equivocada? –preguntó él–. Sólo conoces la versión de tu abuelo.

–No estoy equivocada. En cuanto consiga toda la información que necesito, pondré el caso en manos de un abogado –replicó ella–. Aunque podemos llegar a un acuerdo. Tu familia puede pagar por las tierras y por la vida que le robaron a mi abuelo... –Celine no podía seguir. Sentía un nudo en la garganta al recordar que ni siquiera había podido pagarle un entierro digno y tuvo que apartar la mirada para que él no notara su emoción.

–¿Estás de acuerdo en que mi familia no se entere de esto? –preguntó Tyrell.

–Soy yo quien pone las reglas, ¿vale? No estamos en uno de tus elegantes consejos de administración.

–Será mejor que aceptes. No me molesta jugar a este tonto juego tuyo...

–¿Un juego tonto? –lo interrumpió ella, furiosa.

Tyrell la tomó por el jersey para obligarla a mirarlo a los ojos y Celine tuvo que ponerse de puntillas.

–Tienes mucho carácter, Lomax, pero si te metes con mi familia, sabrás quién soy yo. Nadie me ha obligado a abandonar mi carrera. He sido yo quien ha decidido dejarlo todo por un tiempo.

–Eso es mentira. Has vuelto a esta cabaña porque estás arruinado. Tú no has dejado nada, te echaron de una patada.

–Te equivocas –dijo él lenta, peligrosamente, como si nunca nadie se hubiera atrevido a hablarle de aquel modo.

Celine apenas tocaba el suelo con los pies, pero no sentía miedo. Había vivido entre hombres toda su vida.

–No me equivoco, Blaylock.

–Te crees muy lista, ¿verdad, Lomax? –preguntó él. Había curiosidad en su mirada y algo más, algo oscuro y primitivo.

El aire estaba cargado de tensión y Celine sentía un hormigueo extraño por todo el cuerpo.

–Hillary no quiso escucharte, ¿verdad? –dijo, sabiendo que ese era el punto débil del hombre–. No quería dejar el dinero de su papá para vivir con un hombre arruinado.

La expresión de Tyrell se oscureció aún más, antes de soltarla.

–¿Te han dicho alguna vez que eres insoportable?

–Estás hiriendo mis sentimientos, Blaylock –replicó ella, sarcástica, limpiándose las gotas de lluvia de la nariz.

–Estás empapada, Lomax –sonrió él, suavizando un poco el tono–. Eres una patética niña mojada.

Celine hizo una mueca irónica. Estaba acostumbrada a trabajar bajo la lluvia, el sol y la tormenta. Nada la afectaba.

–Al menos, estoy vestida –replicó. Tyrell bajó la mirada entonces y Celine se dio cuenta de que sus pezones se marcaban bajo el empapado jersey. Para su sorpresa, él se ruborizó y se dio la vuelta, alejándose a grandes zancadas–. ¡Aún no he terminado contigo, Blaylock! Eres el típico macho que sale corriendo cuando las cosas se ponen feas –gritó, yendo tras él. Tyrell se volvió un momento para mirarla de arriba abajo y después siguió caminando–. Piensas seguir corriendo, ¿no? –volvió a gritar. Su sonrisa desapareció cuando Tyrell soltó una rama justo sobre su cara. Celine la apartó y siguió tras él–. Lo has hecho a propósito. Debería haber esperado algo así de un Blaylock.

En ese momento, Celine resbaló en el barro y su mochila cayó al suelo.

–¿Vienes, querida? –preguntó Tyrell, mientras la miraba levantarse, indignada–. ¿O prefieres que te lleve en brazos?

–¿Con quién crees que estás hablando? Yo no soy una damisela –contestó ella, furiosa.

–Ni siquiera una dama... –Tyrell paró con facilidad el puñetazo que Celine dirigió a su estómago y después, con la misma facilidad, la cargó a hombros como si fuera un fardo. Un fardo que no dejaba de patalear.

Un minuto después, abría la puerta de su cabaña y soltaba su agitada carga. Aquel cuerpo pequeño estaba lleno de músculos y sabía decir tacos. Lo que podía esperarse de la nieta de Cutter Lomax.

Era testaruda, tenía un carácter de mil demonios y... él sentía algo cálido en su interior cada vez que la miraba.

Aquello no le gustaba nada. Celine Lomax había conseguido que Mason lo echara de la empresa que él había levantado y, sin embargo... aquella pelirroja era una mujer a la que ningún hombre había tocado. Su instinto masculino se lo decía. Celine era una mujer inocente y solitaria que defendía orgullosamente las mentiras de su abuelo porque no tenía nada más en la vida.

Por increíble que pudiera parecer, Celine Lomax le interesaba... como mujer.

Capítulo Dos

Tyrell imaginaba cómo se habría sentido su abuelo la primera vez que llevó a su esposa a la cabaña. El pensamiento lo sorprendió. Él había diseñado su vida con tiralíneas y no estaba preparado para los turbulentos sentimientos que despierta una mujer.

Había escapado de una vida vacía con Hillary Mason y lo último que necesitaba era sentirse excitado por Celine Lomax, una fierecilla que no dejaba de lanzar maldiciones. Pero no había podido dejar de fijarse en sus curvas y en su pelo, rojo como el fuego, que era muy suave y olía a limpio. Tyrell se sentía hechizado por el brillo furioso de sus ojos verdes y el seductor hoyuelo que aparecía en su mejilla cuando sonreía. Y su trasero...

El trasero de Celine Lomax. Tyrell se miró la mano, que sujetaba posesivamente aquella parte de la anatomía femenina. Frunciendo el ceño, se obligó a sí mismo a apartar la mano. Ella había arruinado su carrera, debería llevarla a los tribunales...

Aquella mujer creía las mentiras de Cutter Lomax y no creería otra cosa hasta que él se lo probara. La reputación de Cutter por fraude, falsificación de escrituras y otras lindezas era legendaria. El padre de Tyrell, Luke Blaylock, había recibido un navajazo cuando intentaba que Cutter dejase de maltratar a un pobre caballo agotado.

Celine dejó de patalear en ese momento y Tyrell la soltó sobre una silla. Los ojos verdes parecían querer taladrarlo. Una oreja perfecta asomaba por debajo de los rizos, que amenazaban con salirse de la gorra empapada. Una orejita pequeña, perfecta, sin pendientes. Una oreja que le hubiera gustado mordisquear.

Aquel pensamiento hizo que se le pusiera la piel de gallina. El deseo salvaje que, durante tanto tiempo, había intentado esconder, aparecía de repente como un puñetazo en el estómago. Tyrell respiraba con dificultad, turbado por el deseo de llevarla a su cama. Celine Lomax olía como la lluvia en un capullo de rosa, dulce, apretado y deseando ser abierto.

Pero él no deseaba nada de Celine Lomax; la quería fuera de su vida.

Tyrell lanzó sobre ella la mochila cuyo peso ninguna otra mujer hubiera podido soportar, le quitó la gorra y después le tiró una toalla sobre la cabeza para que se secara.

—Está lloviendo a mares. El riachuelo estará a punto de desbordarse y...

Ella no se movía. La toalla seguía sobre su cabeza y un charco de agua empezaba a formarse a sus pies. Tyrell la estudió mientras se secaba con otra toalla.

Sus manos eran fuertes, aparentemente acostumbradas al trabajo duro, las uñas sin pintar...

Decidió dejarla donde estaba y se dedicó a echar leña en la vieja estufa. No quería hacerle daño. Sólo quería que lo dejaran hacer su vida, sin distracciones. Tyrell volvió a mirar hacia la silla. Ella seguía sin moverse.

Aquella maldita Celine Lomax... Tyrell sabía que él tenía un carácter de mil demonios. Sabía que, de todos los Blaylock, él era quizá el más temperamental y por eso intentaba esconder su carácter bajo una capa de frialdad. Pero sabía bien que había heredado la arrogancia y la pasión de sus ancestros apaches y españoles. Había aprendido a esconder su verdadera personalidad e incluso haciendo el amor sabía controlarse. Pero la montaña y aquella mujer despertaban en él emociones que creía haber enterrado.

Tyrell estudió las mojadas piernas de Celine. Casi podía sentirlas alrededor de su espalda, los delicados músculos femeninos tensándose... su propio cuerpo se tensó en ese momento, de forma inesperada. Irritado, se plantó frente a ella con los brazos cruzados sobre el pecho.

Y, de repente, tragó saliva. Quizá estaba llorando. Hillary lloraba mucho cuando quería algo, pero las lágrimas de Celine serían genuinas. Celine Lomax era demasiado real, las emociones escapaban de ella como lava ardiente. Tyrell se pasó la mano por el estómago, sintiendo que su vieja úlcera empezaba a despertarse. Un sollozo de Celine y no podría confiar en sí mismo.

–Eres más fuerte y más alto que yo, de acuerdo –dijo entonces Celine, quitándose la toalla de un zarpazo–. Es muy típico de los hombres usar la fuerza cuando se sienten amenazados. Pero no podrás conmigo.

Celine Lomax era una mujer apasionada, cada una de sus palabras eran pronunciadas con la fuerza de alguien que cree en ellas de corazón.

–¿No me digas?

–Tengo razón y te lo probaré –afirmó, con los dientes apretados. Tyrell casi sentía admiración por ella. La lealtad hacia su abuelo, un hombre cruel que había destrozado su vida y la de su propia familia, era incuestionable. Las lealtades de Hillary sólo eran hacia sí misma y el dinero, mientras que aquella cría lo cifraba todo en la palabra de un hombre, un abuelo al que amaba profundamente. Celine miró a su alrededor. Un suelo hecho de tablones de madera, una cama espartana, una mesa y dos sillas–. No se parece mucho a tu ático de lujo, ¿verdad? No hay muebles de diseño, ni obras de arte... Espero que no eches de menos tus cristaleras y tu sofisticado equipo de sonido.

Tyrell no tenía que preguntar. Así era como había conseguido la lista de clientes.

–No me lo digas. La señora de la limpieza, ¿verdad?

–Sí. Ocupé el lugar de Elaina durante unos días porque su hijo tenía la gripe –contestó ella–. Bueno, he de irme. Tengo mucho trabajo que hacer antes de recuperar mis tierras –se despidió, colocándose la mochila a la espalda. Tyrell tuvo que hacer un esfuerzo para no retenerla–. No lo puedes soportar, ¿verdad? Tyrell Blaylock, de los Blaylock de Wyoming, arruinado por una Lomax.

–Estás empapada y vas a caer enferma por cabezota. Piénsalo, Lomax, si enfermas, no podrás quitarme las tierras –dijo él, sin poder despegar los ojos del empapado jersey, que se pegaba al cuerpo de la mujer como una segunda piel.

–Llevo ropa seca y un chubasquero en la mochila –replicó ella, mirando a su alrededor para encontrar un sitio donde cambiarse.

Cuando se volvió de nuevo hacia él, Tyrell se cruzó de brazos y la miró, burlón.

–Elige la habitación que quieras –sonrió, mirando significativamente a su alrededor.

Ella se sonrojó y Tyrell se dio cuenta de que aquella mujer lo fascinaba. Quería protegerla y no volvería a encontrar paz hasta que consiguiera besar aquellos labios.

–Deja de sonreír, Blaylock. Me cambiaré fuera.

–No hace falta. Saldré yo.

Un poco después, Celine salía con vaqueros secos y un chubasquero amarillo con capucha, del que se escapaban algunos rizos.

–Nos veremos –se despidió ella, antes de volver al camino.

Tyrell se quedó mirándola. En medio de aquel agreste paisaje, rodeada de inmensos árboles y animales salvajes, Celine parecía una niña camino del colegio. Pero él no estaría esperándola con un plato de sopa caliente cuando volviera pidiendo ayuda.

La lluvia habría convertido el riachuelo en un torrente de agua embravecida y Celine no sería capaz de cruzarlo. Tyrell lo sabía. El fuego de la estufa dentro de la cabaña hacía que se sintiera culpable, pero lo que tenía que hacer era quedarse allí calentito y olvidarse de Celine Lomax.

Tyrell golpeó la mesa con el puño. Aquella mujer era un problema en todos los sentidos. Los Blaylock habían sido educados para respetar a las mujeres y... Tyrell se quitó los pantalones empapados y se puso otros secos, calcetines y botas. Celine Lomax no entraría dentro de su lista de culpabilidades. Su familia la ocupaba entera. Los remordimientos que sentía por no haber acudido a la llamada de su padre antes del accidente eran suficientes como para durarle una vida entera.

Tyrell no sería responsable de Celine Lomax una vez que ella hubiera abandonado la montaña.

–Quizá me he pasado –murmuraba Celine para sí misma, sujetándose a una rama que colgaba sobre el furioso torrente. Si la rama se rompía caería al agua y, con el peso de la mochila, no sería capaz de mantenerse a flote. Sobre su cabeza, un enorme oso negro observaba sus esfuerzos–. Vete. No tengo comida para ti –gritó. Cuando levantó la cabeza, había un hombre frente a ella–. ¿Qué haces aquí? –preguntó, sobresaltada. La rama en la que se apoyaba empezaba a quebrarse por su peso y Tyrell alargó la mano para tirar de ella. La rama se rompió en ese momento y cayó al agua, perdiéndose bajo un remolino de espuma–. Estaba a punto de cruzarlo –empezó a decir, mientras Tyrell le limpiaba la cara llena de barro con su diadema roja. Celine intentó apartarse, pero él la sujetaba con fuerza–. Muy típico. Ahora es cuando me dices que yo estaba equivocada y tú tenías razón, ¿no?

–¿Siempre eres tan bocazas?

–Soy una Lomax, siempre digo lo que pienso –replicó ella–. Por cierto, ¿qué tal te va con tu familia? ¿Te han perdonado? –preguntó, irónica. Tyrell apretó los labios y Celine se dio cuenta de que había tocado su punto débil. Casi sentía lástima por él. Bajo la lluvia, parecía un perrito mojado y estuvo a punto de poner la mano sobre la mejilla del hombre. Pero ella no podía acariciar a un Blaylock. Cutter le había advertido que eran una panda de traidores–. Supongo que tu familia te echaría de menos cuando te fuiste de Jasmine. No los visitaste muchas veces, ¿verdad? Bueno, claro, volviste para la boda de tu hermano, pero no te quedaste mucho tiempo. Según un empleado de la gasolinera, erais una familia muy unida. Qué pena.

–Nos vemos a menudo –dijo él, con los dientes apretados–. Vámonos.

Celine se cruzó de brazos. Lo dejaría por el momento. A pesar de que quería a su abuelo, su vida había estado llena de gritos y amenazas y ni ella misma sabía lo que era una familia unida.

–No pienso ir a ningún sitio contigo. Y no se te ocurra volver a colocarme sobre tu hombro

–advirtió–. No soy una niña y conmigo no funcionan esas estrategias de machito. ¿Por qué no vuelves a tu cabaña y me dejas en paz?

–Vale –murmuró él, observando un árbol que había sido arrancado de raíz por la fuerza del torrente. Después, sacó un termo del chubasquero y se lo tiró–. Sólo es café –explicó, con voz tensa–. ¿Te lo vas a tomar o vas a seguir jugando con el termo?

Celine se dio cuenta entonces de que había estado pasando la mano arriba y abajo por el termo caliente sin darse cuenta, para calentar sus dedos.

–Si pillas un resfriado, no me culpes a mí –dijo ella por fin, sirviéndose un poco de café en el vaso. Tyrell tuvo que darse la vuelta para no replicar–. Ah, no hay nada como un buen café caliente en un frío día de lluvia. Pero no creas que vas a conseguir nada con esto.

Una hora y media más tarde, Celine se despertaba sobre el hombro de Tyrell. Viajaban en su todoterreno y él olía a madera, a cuero y a algo intenso, masculino, algo que no podía definir.

–Esto no me hace ninguna gracia, Blaylock... –empezó a decir, adormilada.

–No hables –dijo Tyrell, sujetando con

fuerza el volante y sin apartar los ojos de la carretera.

–¿Dónde vamos? –preguntó ella, mirando por la ventanilla. El camino estaba oscuro como boca de lobo, sólo iluminado por los faros del coche.

–Voy a sacarte de mi vida –contestó Tyrell. Sus palabras eran frías y secas.

–Inténtalo si puedes –replicó ella. Intentaba mantener los ojos abiertos, pero no podía. Estaba exhausta.

Cuando volvió a despertarse, habían salido del coche y Tyrell la llevaba en brazos hacia una casa con las ventanas iluminadas. Celine estudió su perfil, la mandíbula firme, los músculos tensos... Tyrell Blaylock no se parecía nada al hombre que había visto en Nueva York. De repente, tenía la impresión de que era uno de sus ancestros salvajes, y que la había secuestrado para llevarla a su cabaña. Una idea que le producía escalofríos.

De repente, una mujer abrió la puerta y, al verlos, lanzó una carcajada.

–Toma... *esto*, Else –dijo Tyrell, dejándola en el suelo–. Se llama Celine Lomax y necesita un sitio para dormir.

Completamente despierta, Celine parpadeó mirando a la mujer que sonreía amistosamente. La casa olía a niños y a pan recién hecho. Aquel era el hogar de los Blaylock, el hogar que ella estaba dispuesta a destruir.

31

Aquel tipo de hogar aterrorizaba a Celine porque era algo desconocido para ella. Había soñado con una casa como aquella, y con una madre... tenía que salir de allí a toda prisa.

–Perdona, pero tengo que irme –murmuró.

–Si quieres recuperar a mi hermano, será mejor que te des prisa –rió Else–. Yo en tu lugar, no le dejaría decir la última palabra.

–Es verdad. No puedo dejar que me trate como si yo fuera... –empezó a decir Celine, antes de salir corriendo.

Tyrell Blaylock era un un objetivo difícil de fallar y Celine se tiró sobre su espalda. Tyrell trastabilló, pero se incorporó enseguida.

–Déjame en paz. Ya te he aguantado suficiente, Lomax –dijo, entre dientes, abriendo la puerta del coche.

–Te lo mereces. No puedes dejarme tirada como si fuera un perro. ¿Qué pasa, Blaylock, te doy miedo?

–Te estás pasando, Lomax.

–¿No me digas?

Él la miró desde su altura, con los ojos semicerrados. Tenía que controlarse, se decía, pero...

–Es el hoyuelo –musitó, antes de tomarla entre sus brazos.

Celine había sido besada antes, cuando era una adolescente. Pero no había tenido tiempo de explorar sus propios deseos y su única, breve y dolorosa experiencia con el sexo había sido más que suficiente.

Encerrada entre sus brazos, traspasada por el calor que emitía el cuerpo masculino, Celine intentó apartarse tirándole del pelo. Pero los labios del hombre le transmitían tal pasión que su mente se quedó en blanco. La estaba devorando, quemándola. Tyrell la abrazaba salvajemente y estaba *obviamente excitado*.

Celine quería parar para pensar, pero la tormenta que él había desatado en su interior alejaba toda lógica. Sólo podía sentir, saborear. Tyrell seguía besándola con fuerza, apretándola contra su pecho hasta que pensó que iba a traspasarlo.

Celine enredó los brazos alrededor del cuello masculino y él empezó a temblar tan violentamente que tuvo que apoyarse en el coche.

La mirada oscura del hombre bajó entonces hasta su camisa. Sus ojos ardían al contemplar los pechos de ella, aplastados contra el suyo.

—Ya lo has conseguido —murmuró entonces, apartándose.

Celine no sabía qué hacer y temblaba de pies a cabeza.

Tyrell levantó los ojos hacia el cielo y, cuando miró a Else, que estaba en la puerta con los brazos cruzados, se pasó la mano por el pelo lanzando un bufido.

—Me has besado. Y me has... mordido. ¿Por

qué lo has hecho? –murmuró Celine, indignada. Tyrell no contestó. No sabía qué decir. Un segundo después, la tomó por los hombros y la empujó hacia la casa–. Eres el típico macho –dijo ella, volviéndose–. Quieres salirte con la tuya como sea. Pero esto no volverá a pasar, Blaylock.

Con una mirada de advertencia, Tyrell abrió la puerta del coche y se sentó tras el volante. Sin dejar de mirarla, encendió el motor y desapareció por el camino.

Celine se quedó mirándolo, trémula y perpleja. Sentía frío sin los brazos de Tyrell rodeándola y una sensación extraña en la parte inferior de su cuerpo. Cuando miró a Else, ella sonrió. Celine intentó sonreír, pero no podía.

–Bueno, parece que le has dado algo en qué pensar –dijo la mujer–. Mi hermano lleva seis meses en la montaña y sólo tú has conseguido que baje a mezclarse con los seres humanos.

–Está de luto por Hillary.

–Esa Hillary era un bruja –dijo Else con vehemencia, haciéndola pasar. Después, la llevó a la cocina y le ofreció un plato de comida caliente que Celine no pudo rechazar.

–Gracias.

–¿Quieres un vaso de leche? –preguntó Else Blaylock. Celine negó con la cabeza, mientras estudiaba a la mujer. Una versión femenina y suave de Tyrell Blaylock–. Puedes pasar aquí la noche, si quieres.

–Gracias, pero tengo una tienda de campaña en el coche, muy cerca de aquí –se despidió ella, colocándose la mochila sobre el hombro. No quería pensar que los Blaylock eran buenos y amables. Cutter siempre decía que no se podía confiar en ellos.

Y luego estaba el beso de Tyrell. Le hubiera gustado arrancarlo de su boca y pisotearlo. Hubiera deseado matar el sabor del hombre y la excitación que había despertado en ella. Le hubiera gustado ponerse a gritar.

Estaba llegando a la carretera cuando escuchó el sonido de un coche tras ella. Era él. Celine siguió caminando, sin mirar. Tyrell la iluminó con sus faros mientras levantaba la tienda y después arrancó de nuevo y desapareció en la oscuridad.

–Vete al infierno, Blaylock –murmuró.

Gracias a Tyrell Blaylock aquella iba a ser una noche muy larga.

Capítulo Tres

Tyrell tiró el informe sobre el escritorio de Roman Blaylock. El ordenador de su hermano le había mostrado todo lo que quería saber sobre la vida de Celine Lomax. Las páginas impresas dejaban poco a la imaginación; Celine había tenido una vida difícil. Sus recursos eran nulos y había tenido que trabajar desde que era pequeña para ganarse la vida. Había aceptado trabajos fuera del país, trabajos duros para conseguir unos ahorros. Las acciones que tenía habían sido canceladas unos días antes de que llegara a la montaña. Celine lo había apostado todo contra los Blaylock, absolutamente convencida de que su abuelo le había contado la verdad.

—Gracias por dejarme usar el ordenador.

Su hermano mayor, de enorme parecido con Tyrell, sonrió.

—De nada. A ver si vienes a vernos más a menudo. Pero no a estas horas. Son las once de la noche y mi mujer me está esperando, así que vete a molestar a otro —sonrió Roman. La familia de Tyrell no sabía los problemas que había tenido que atravesar, pero sí sabían que estaba buscando paz y no le hacían preguntas. El rancho de Roman estaba construido sobre una parte de las tierras que la nieta de Cutter Lomax reclamaba como suyas. Roman era el depositario de la propiedad de Boone Llewlyn, que incluía su rancho y diez mil acres de terreno. Roman, su mujer Kallista, su hijo Kipp y Cindi, su hija adoptada, vivían en la antigua y hermosa casa de Boone–. Has venido a mi casa dos veces en tres días, ¿a qué debo esa suerte? Llevas seis meses en las montañas y, en los últimos tres días, vienes a vernos dos veces y, de repente, necesitas un ordenador.

–Espero que no te moleste –dijo Tyrell. El calor de la familia de Roman y el profundo amor que sentía por su mujer hacían que se sintiera fuera de lugar. Se había perdido tantas cosas durante aquellos años, pensaba.

Pero, en lugar de quedarse en Jasmine, se había lanzado a ganar dinero como si fuera lo único que le importara en el mundo.

Había malgastado su vida y se había convertido en un lobo solitario.

También había sido un extraño en Nueva York. No le gustaba la gran ciudad y, sin embargo, había vivido allí durante casi quince años. Si Celine no se hubiera metido en su vida, seguiría ganando dinero como una máquina. Al final, se habría dado cuenta de que nada de aquello le hacía feliz, pero ella había acelerado el proceso.

El golpecito que le dio Roman en la cabeza lo irritó tanto como solía hacerlo cuando eran pequeños.

–¿Sabes una cosa? Me parece que tengo una fotografía de cuando eras pequeño en alguna parte... Estás monísimo con un vestido que Else te había puesto... ¡Ay! No me des codazos en las costillas –rio su hermano–. Else me ha hablado de Celine Lomax. ¿Has salido de tu cueva por su culpa?

–Para librarme de ella –corrigió Tyrell–. Y espero que no le enseñes a nadie esa fotografía.

–Else me contó que dejaste a esa Celine Lomax en su casa –insistió su hermano–. Lomax... –repitió su hermano–. ¿Tiene algún parentesco con Cutter?

–Sí –contestó Tyrell. Pero no quiso contarle nada más.

–Menuda cara tiene. Volver aquí, con la fama que tenía su abuelo. Cutter Lomax le hizo daño a mucha gente. Hasta dicen que mató a alguien. El abuelo solía decir que, si no los hubieran separado, Cutter lo habría matado cuando intentaba evitar que pegase a aquel caballo. Menos mal que estuvo en la cárcel más tiempo que fuera. Era un matón.

–Celine no sabe eso. Lo quería mucho –dijo Tyrell, pensativo. A pesar de todo, no podía dejar de admirar la lealtad de aquella mujer hacia su abuelo.

–Pronto se enterará. La gente recuerda bien a Cutter Lomax.

–Lo sé –murmuró Tyrell. Celine había heredado de su abuelo el mal carácter y el cabello rojo. Pero nada de su maldad y su egoísmo. Tyrell hubiera deseado poder olvidar aquellos ojos verdes, borrachos de sus besos..

Algo bailaba dentro de él cuando la miraba. Y no le gustaba en absoluto. Como hombre maduro, desconfiaba de las emociones turbulentas. Prefería las cosas ordenadas.

Tyrell golpeó el informe con la mano. No iba a ocurrir nada con las tierras de su familia y no iba a ocurrir nada con ella, se decía.

Pero sí sabía que Celine Lomax había despertado en él el salvaje deseo de poseer a una mujer. Todo el fuego y la pasión que había guardado dentro habían despertado al verla. Había elegido a Hillary como compañera por interés, pero nunca había sentido por ella lo que sentía por aquella pelirroja.

Tyrell se pasó el dedo por los labios, recordando la textura de la boca femenina. La boca de Celine sabía a rosas y a fuego, pero ella era una cría inocente y él no quería hacerle daño. Cuando descubriera que su abuelo le había mentido, el dolor y la vergüenza serían insoportables. Tyrell sabía lo que era dedicar una vida a algo que se consideraba importante y que, de repente, deja de tener sentido. Distraído, observó una hoja de contabilidad y, automáticamente, empezó a sumar los dígitos en la calculadora.

–Oye, aquí hay un problema. El invernadero de Boone cuesta mucho y no deja ningún beneficio.

De aquello era de lo que Tyrell sabía. De números, de beneficios, de inversiones. Aquello era seguro. Las emociones, no.

–Boone Llewlyn quería orquídeas, no beneficios –replicó su hermano–. Pero al pueblo le vendría bien un hombre como tú. Piénsalo. Podrías encargarte del patrimonio de Boone –sugirió Roman–. Me alegro de que hayas vuelto por fin, hermanito. Te echábamos de menos. Y ahora, o te vas o te quedas, pero deja que yo me vaya a dormir.

–He vuelto muchas veces –se defendió él. Pero sabía que no era cierto.

–Sí, claro. Con ocasión de bodas y funerales. Y siempre que volvías, era como si estuvieras deseando marcharte. Pero si apenas podíamos hablar contigo porque te pasabas el día hablando por teléfono... En fin, espero que encuentres lo que buscas, Tyrell. Pero aquí no podrás dedicarte a comprar y vender acciones.

–La verdad es que lamento haber estado tanto tiempo fuera. Os he echado mucho de menos a todos.

–Me alegro –dijo su hermano–. Todo el mundo necesita pararse en algún momento y pensar. Lo sé muy bien.

Una hora más tarde, Tyrell llegaba a la cabaña con el informe sobre Celine Lomax en la mano. Quería estar solo, quería matar la necesidad que sentía de volver a verla. De saborearla. De ahogarse en sus labios.

Le hubiera gustado arrancar sus ropas para acariciar su cuerpo desnudo. Nunca había necesitado tanto a alguien. La nueva experiencia le hacía comprender lo que sus hermanos sentían por sus esposas... pero él no quería nada de eso. Lo que quería era olvidar el roce de los inexpertos labios de ella como hambrientas mariposas bajo los suyos.

En su cabaña, Tyrell volvió a estudiar el informe. Celine Lomax había tenido una vida difícil y se había gastado todos sus ahorros en probar que su abuelo tenía razón. Tyrell cerró el informe de golpe. Podía imaginarse lo que habría sido la vida de aquella niña con un hombre como Cutter Lomax. Pero había algo que lo intrigaba y sobre lo que tendría que hacer más averiguaciones; el informe no decía absolutamente nada sobre la madre de Celine.

Por mucho que lo intentara, Tyrell no podía dejar de recordar el sabor de sus labios, un sabor erótico, increíblemente dulce. Recordaba el movimiento de sus caderas mientras él la iluminaba con los faros del coche... Pero no quería pensar en Celine Lomax. Y sería mejor que ella lo dejara en paz.

Durante los días siguientes, Celine descubrió por qué en Jasmine no había tiendas de artículos de segunda mano. No había necesidad. Cuando una familia atravesaba un momento difícil, todo el pueblo echaba una mano. Sobre todo, la familia Blaylock. Una familia que parecía estar por todas partes. Tyrell tenía cinco hermanos, Dan, Else, Roman, Logan y Rio. Y cada uno de ellos tenía su propia familia. Había tíos, primos, sobrinos. En realidad, aquel pueblo debería haberse llamado Blaylock, pensaba Celine, irritada.

Cutter siempre había dicho que los Blaylock eran mentirosos y arrogantes, pero todo el mundo hablaba de ellos con cariño. Sin embargo, cuando Celine mencionaba su apellido, la gente dejaba de sonreír y la miraban con suspicacia.

Aquella tarde, había salido de excursión para echar un vistazo por el pueblo y sus alrededores. Cutter tenía razón. Su vida no habría sido tan miserable si hubiera podido recuperar sus tierras. Las propiedades de los Lomax eran ricas y fértiles y su abuelo habría podido ser uno de los ancianos que descansaban tomando café en alguna de las terrazas de Jasmine. Pero la historia no había terminado así. Su abuelo y su padre habían ahogado sus sueños en whisky barato.

Cutter había estado enamorado de Garnet Marie Blaylock y decía que Luke Blaylock la había engañado para que se casara con él.

Celine suspiró profundamente. En la mochila llevaba todo lo que podía necesitar, incluso un detector de metales para buscar antiguos hierros de marcar de reses. Llevaba también una pequeña sierra mecánica para limpiar la maleza y un telescopio. Todo de segunda mano, pero en buen uso. El trípode para sujetar sus herramientas de topógrafo estaba despintado, pero las tres patas eran firmes.

Cargada con mapas topográficos de la zona, estaba segura de que conseguiría su objetivo. Si las marcas de las vallas se hubieran cambiado ella lo sabría, utilizando un aparato de rayo láser que había comprado con sus ahorros.

Su abuelo hablaba siempre de un roble encorvado, al lado de una enorme roca y Celine decidió buscar aquella pista.

Con la mochila cargada de herramientas apenas podía caminar. Pero tendría que hacerlo. Si fuera necesario, le pondría ruedas.

Celine estudió el lugar en que debía haber estado la cabaña de Boone Llewlyn, cerca de la mina de oro. Después, buscó con la mirada el lugar donde Tyrell Blaylock estaría escondido en medio de los pinos.

Tyrell Blaylock. Sólo el nombre la ponía de mal humor. Aquel hombre la había besado como un loco, con un ansia que le dolía y la calmaba, la excitaba y la aterraba en la misma medida.

–Vale. Me puse nerviosa y reaccioné como una cría. Es repugnante.

Tyrell temblaba de deseo y ella había tenido la impresión de que quería llevarla con él para hacerla suya, poseerla, hacerle el amor.

Hacerle el amor. Era obvio que él estaba muy excitado. El cuerpo del hombre había estado tan pegado al suyo que no tenía dudas sobre eso.

–A algunas mujeres les gusta que los hombres sean rudos –solía decir su abuelo. Y la expresión *hacer el amor* no podía aplicarse a la única experiencia que ella había tenido en el asiento trasero de un coche.

–Muy típico –murmuró Celine, levantando la mirada hacia el lugar donde debía estar la cabaña de Tyrell. La noche anterior, él parecía desesperado. Y quizá lo estaba. O quizá sólo era corto de vista. Que un hombre la deseara no era algo habitual para Celine. Pero Tyrell no había intentado hacerse el suave. Todo lo contrario. Se había lanzado sobre ella como un tanque. Aquellas enormes manos habían sujetado su trasero casi desesperadamente, quemándola. No había ternura en Tyrell Blaylock. Estaba hambriento. Y ella no había sentido miedo. Se había lanzado a la tormenta con él–. Quizá yo no sé mucho de besos, pero... ¡es que me quería comer! Incluso me dio un mordisco. Si quiere pelear, pelearé, pero yo no voy a caer tan bajo. He venido aquí a recuperar las tierras de mi abuelo y a restaurar su honor, no a tontear con un Blaylock.

–Parece una niña con esa mochila que es más grande que ella –murmuró Tyrell, observando a Celine desde su cabaña, mientras lijaba tablones de madera para el suelo. No tenía por qué sentir aquella necesidad de protegerla, se decía. Celine Lomax deseaba las tierras de su familia más que nada en el mundo y haría lo que fuera para arrebatárselas.

Tyrell se pasó la mano por la frente. Ella lo había espiado en Nueva York y él estaba espiándola en aquel momento, deseando volver a ver sus ojos verdes y sus labios... unos labios que no sabían besar.

Y él, un hombre normal, un hombre que siempre controlaba sus emociones, había perdido la cabeza al probar aquellos labios. Tyrell lanzó una plancha de madera contra el suelo, furioso. Pero, unos segundos después, volvió al trabajo, intentando apartar a Celine Lomax de sus pensamientos.

A la mañana siguiente, estaba sentado frente a su saco de dormir, esperando que despertara. Ella dormía como si no tuviera una sola preocupación en el mundo, en medio de aquel paisaje agreste y peligroso, cubierto de niebla. Tyrell estudió a la mujer que quería fuera de su montaña y de su vida. Dormida, Celine Lomax era suave y delicada. Los rizos pelirrojos caían sobre su cara y parecía un ángel.

Incapaz de controlarse, pasó los dedos por su mejilla. Aquellas pecas lo volvían loco. Nunca antes había observado a una mujer dormida, nunca antes había sentido el deseo de meterse con ella en la cama y despertarla a besos.

El efecto que Celine Lomax ejercía sobre él era sorprendente. Él era un hombre meticuloso, no un donjuán. Sus relaciones con Hillary nunca habían sido realmente apasionadas, pero tampoco él lo esperaba.

La mujer que había conseguido despertarlo a la vida suspiraba, arqueando el cuerpo y abriendo los ojos poco a poco.

—Estás en mi propiedad —sonrió él.

Tyrell no podía apartar los ojos de aquella cara dulce y adormilada.

—No me toques —advirtió Celine.

—Tienes una hoja en el pelo —mintió Tyrell, usando la excusa para acariciar sus rizos. Algo dentro de él se calentó deliciosamente cuando Celine se incorporó. Llevaba una camisa de franela y vaqueros y Tyrell tuvo que hacer un esfuerzo para no tomarla entre sus brazos–. Vas a tener problemas si sigues con esta tontería, Lomax.

–¿Me estás amenazando?

Tyrell hubiera deseado acariciar aquella mejilla arrebolada y acunarla entre sus brazos para borrar su dolor. Pero, en lugar de hacerlo, se levantó.

Ella se levantó a su vez y Tyrell tuvo que disimular una sonrisa cuando la vio colocarse sobre la punta de los pies para intentar ponerse a su altura.

–Soy más grande y más fuerte que tú, Lomax, acostúmbrate. Bueno, ¿qué hay en la agenda para hoy? –preguntó después alegremente, sorprendiéndose a sí mismo.

–Puede que seas más grande que yo, –replicó ella, sentándose de nuevo para atarse las botas– pero voy a poder contigo.

Tyrell se inclinó para apartar sus manos y terminar la tarea con los cordones. Celine lo miró, sorprendida.

–¿Y si quiero besarte otra vez? –preguntó. Y lo hizo. La tumbó en el saco y volvió a tomar lo que deseaba.

–Suéltame –susurró Celine unos segundos después, con los ojos abiertos de par en par–. Me estás aplastando.

–Me has devuelto el beso, Lomax –susurró

él, sobre sus labios–. Tú me has atraído hacia ti. No he podido evitarlo.

–¿Qué te pasa, Blaylock? –preguntó ella, furiosa–. ¿Has perdido la cabeza?

–Es posible.

Su instinto le decía que aquella era la mujer con la que podría hacer el amor... algún día. Tyrell apretó su cuerpo contra el de ella y respiró el aroma de su piel. Un aroma que lo mantendría despierto por las noches. Después, haciendo un esfuerzo, se levantó y empezó a caminar hacia su cabaña.

–¿Vas a estar espiándome todo el día, Blaylock? ¿Qué pasa, tienes miedo de que descubra que tu familia movió las vallas?

Él siguió caminando sin contestar.

Celine sabía que Tyrell Blaylock espiaba sus movimientos y, aunque con desgana, tuvo que reconocer que se alegraba de que la hubiera visto caer a una antigua gruta cubierta de maleza. Pero no le había hecho ninguna gracia que la sacara tirando de ella como si fuera un conejo.

Y menos gracia aún le había hecho la carcajada rica y profunda del hombre cuando ella volvió a cargar con su mochila como si no hubiera pasado nada.

–De nada, Lomax –dijo Tyrell, mirando ardientemente su camisa de franela que, en la refriega, había perdido un botón. Un segundo después, el hombre se alejó sin decir nada más.

–Muy bien. Sal corriendo. Me gusta que salgas corriendo –musitó Celine.

El primer marcador de metal estaba donde ella había previsto, y el siguiente también. Pero el árbol que su abuelo le había dicho estaría a cincuenta pies al Noroeste, cerca de la falda de la colina, había desaparecido.

Cuanto más observaba aquel paisaje, mejor entendía por qué Tyrell Blaylock quería vivir allí. Aquella zona era salvaje, llena de venados y osos, con árboles tan altos como rascacielos. Y más arriba, en las cumbres, cabras montañesas saltaban de un lado a otro.

Celine respiró el aroma de los pinos. Prefería trabajar al aire libre. Quizá era porque siempre había intentado ser el nieto que Cutter Lomax hubiera deseado. O quizá era porque todo era limpio, sin mancha.

Podía ver los restos de un incendio que casi había devorado el bosque. Su abuelo le había contado que Luke Blaylock, el padre de Tyrell, lo había acusado a él de provocarlo para casarse con Garnet Marie. Con esos antecedentes, ¿qué mujer podría mirar con ternura a Cutter Lomax?, se preguntaba Celine.

¿Y por qué los ojos de Tyrell Blaylock la hacían sentir un terremoto en su interior?

Al llegar la noche, no había encontrado la piedra que, según Cutter, marcaba sus tierras. Una piedra del tamaño de un camión no podría moverse sin utilizar máquinas y era casi imposible meter máquinas en un lugar como aquel. Lo que sí había encontrado era el mojón que marcaba la propiedad de los Blaylock.

Las marcas de las que había hablado su abuelo habían desaparecido y no había ni rastro de la enorme casa que Cutter había jurado que poseía antes de que los Blaylock lo arruinaran.

Su abuelo no había vuelto por allí en muchos años. Quizá habría olvidado los detalles, quizá estaba confundido, quizá... Celine se pasó la mano por los doloridos hombros y decidió dejar de pensar. Había preparado un buen fuego al lado de su tienda.

Un segundo después, sin volverse, notó que Tyrell Blaylock estaba tras ella.

–¿Quieres saber si he encontrado algo, Blaylock? –preguntó. Tyrell se acercaba silenciosamente, como un apache. Llevaba en la mano un saco de dormir–. Oye, podemos pelearnos, pero no vale morder –advirtió.

–Fue sin querer –dijo él, dejando el saco en el suelo. Después, colocó sobre el fuego una rama de árbol en la que había ensartadas cuatro truchas y se quedó mirando el oscuro cielo que los envolvía, en silencio.

–No vas a dormir aquí, Blaylock –dijo ella.

Tyrell se sentó sobre un tronco y estiró las piernas mientras, con mano experta, le daba vuelta a las truchas–. ¿Por qué has venido?

–Si tú no sabes acampar en lugar seguro, alguien tendrá que quedarse contigo.

–Siempre he acampado sola y nunca me ha pasado nada.

–Pues esta vez no estás sola, Lomax. Estás conmigo –replicó él, mirándola de arriba abajo–. ¿Sabes una cosa? Esta es nuestra primera cita.

–No es una cita, Blaylock. Yo he llegado aquí antes –replicó ella.

–Es muy fácil hacer que te enfades, ¿verdad? –sonrió él, dándole un plato–. Las patatas que estás asando son perfectas para el pescado.

–¿Por qué me espías?

–Estaba pescando y te he visto, sencillamente –contestó él, inclinándose para tomar dos patatas envueltas en papel de aluminio–. ¿Podrías guardarte el mal humor para después de cenar?

–Estás disfrutando, ¿verdad? –murmuró ella, colocando su trucha en el plato y sacando un poco de mantequilla para su patata, que no pensaba compartir con él.

–Come. Te sentirás mejor –dijo Tyrell.

–¿Esto es lo que hacen los fracasados? ¿Corretear por las montañas molestando a la gente? –preguntó ella, irónica.

Tyrell la ignoró, mientras limpiaba el pescado y sacaba un paquete de la mochila.

–Te cambio este chocolate por un poco de tu mantequilla.

Celine aceptó el trueque, sin sonreír. Un poco después, Tyrell alargó la mano para limpiar un poco de chocolate de su boca y Celine parpadeó. Lo había hecho de una forma natural, como sin darle importancia. Pero Celine no estaba acostumbrada a aquellos gestos. Nadie había cuidado de ella nunca, ni siquiera cuando era una niña.

Cuando terminaron de cenar, Tyrell la miró a los ojos con una de esas miradas que la dejaban temblando por dentro. Insegura e incómoda, Celine volvió la cabeza, pero él la tomó del brazo y, de repente, de la forma más inesperada empezó a chupar sus dedos uno por uno, sin dejar de mirarla a los ojos. Una sensación increíble se adueñó de ella, que no se atrevía a moverse. Pero cuando él empezó a lamer su mano, Celine la apartó y se limpió en los vaqueros, haciendo una mueca de disgusto. La carcajada de Tyrell siguió sonando en su cabeza como un eco durante toda la noche.

Horas después, Tyrell dormía profundamente y el sonido de su respiración era como un bálsamo. Celine no quería aceptarlo, pero la tranquilizaba tener a aquel hombre a su lado.

–Lomax, duérmete de una vez –gruñó él cuando empezaba a amanecer.

–Tengo cosas que hacer –replicó ella, atándose las botas.

–Te encanta arruinarle la vida a la gente, ¿verdad?

–Siempre me he levantado muy temprano. He tenido que trabajar durante toda mi vida, Blaylock. No todos hemos tenido una vida tan cómoda como la tuya. Probablemente, tú tenías preparado el desayuno cuando te levantabas. Yo no.

–Tienes razón. Siempre tenía el desayuno preparado... después de ordeñar a las vacas –murmuró él, antes de darse la vuelta.

–¿Tú crees que el oso estará por aquí?

–No lo sé. No puedo olerlo. Sólo puedo olerte a ti.

–¿Estás diciendo que huelo mal?

Tyrell se volvió entonces y la tomó por las rodillas con tal fuerza que la hizo caer sobre él.

–Me estás aplastando, Lomax –bromeó Tyrell, después de besarla. Otro beso que la había dejado sin aliento–. Gracias por nuestra primera cita. Me gustaría repetirla. Por cierto, ¿qué hay de desayuno?

Capítulo Cuatro

–Al menos, es mejor que la tienda de campaña.

El aroma de los campos de alfalfa y las flores del bosque perfumaba el aire de junio. Pero dentro de la antigua gasolinera, olía a gasolina, a tabaco rancio y a bromas sucias.

Celine sacó la tapadera de inodoro que acababa de comprar y se dispuso a instalarse en su nueva casa. Estaba al lado del café de Mamie y, desde allí, podía ver todo Jasmine. Era el lugar perfecto para molestar a los Blaylock. La instalación eléctrica y las cañerías seguían funcionando y el vendedor había estado encantado de vender aquel antiguo edificio a «alguien que podía apreciar la historia de la vieja gasolinera».

Le había contado que Luke Blaylock y sus ayudantes habían tenido que disparar sobre unos ladrones de bancos desde allí. Y Cutter le había contado que él trabajaba en ella hasta que los Blaylock habían conseguido que Monty Chevaz lo despidiera.

–Fue todo una mentira, pero los Blaylock consiguieron echarme del pueblo –le había dicho.

Arrebatarle sus tierras a los Blaylock no iba a ser tarea fácil y Celine necesitaba una casa y una oficina desde la que trabajar. Pero tendría muchos gastos y sus ahorros estaban empezando a menguar peligrosamente. No le preocupaba buscar trabajo, estaba acostumbrada a buscar dinero cuando su abuelo y su padre se *bebían* el que ella guardaba para comida.

Podría trabajar en cualquier sitio para sobrevivir. Había colocado ladrillos y limpiado oficinas mientras estaba en el colegio y su abuelo y su padre parecían incapaces de conseguir un empleo.

Celine estaba segura de que podría trabajar como topógrafo para alguna empresa en Jasmine. Y también sabía que las batallas en los tribunales por asuntos de tierras eran largas y complicadas. Cuando llamó a su jefe, Pete Hamstead estuvo de acuerdo en que terminara lo que tuviera que hacer en Jasmine y volviera después a Michigan.

–Pero que sea pronto. Eres una de mis mejores topógrafos –le había dicho. Pete también le había contado que alguien había estado haciendo averiguaciones sobre su vida–. Hace unos días vino un hombre a la oficina, no sé, podría ser un investigador privado. Era muy alto, muy moreno. Un poco frío, pero muy guapo, un Adonis según Dora, la de contabilidad. Está intentando averiguar cosas sobre ti, Lomax, ten cuidado.

–Sé quien es. Es Tyrell Blaylock. Y es tan frío como un volcán en erupción –replicó ella–. Y no me van a echar de este pueblo como a mi abuelo. Para eso he comprado esta casa. Es tan vieja que me ha costado más barata que alquilar una habitación.

Había limpiado el cuarto de baño, pero el resto de la casa tenía suciedad de cincuenta años atrás. La luz del sol entraba por la única ventana que tenía cristales, revelando su estado de abandono.

Celine sabía que la tarea no iba a ser fácil y que aquella pequeña comunidad estaba controlada por los Blaylock. Tendría que ir con cuidado o nadie le contaría nada. Se instalaría, buscaría un trabajo y, mientras tanto, convertiría a los Blaylock en su pasatiempo favorito. Todo relativamente fácil.

Pero cuando observó el agua que caía del techo, lanzó una maldición. Celine tomó una escalera y subió al tejado con la caja de herramientas. Una vez hechas las reparaciones más importantes, iría a algún pueblo que tuviera una tienda de objetos de segunda mano y compraría una cama.

Mientras reparaba las grietas del tejado, no

dejaba de darle vueltas a algo. Aquel era el pueblo que, según su abuelo, se había vuelto contra él por culpa de las mentiras de los Blaylock. ¿Por qué entonces no había encontrado las marcas que, según Cutter, demostraban que las tierras eran suyas? ¿Y dónde estaba la casa que había construido en el cañón? Pero, por supuesto, el tiempo borra las huellas, los árboles habían podido ser talados y un pequeño terremoto habría podido mover o incluso partir la enorme piedra que, según él, marcaba sus tierras. Tenía que ser eso.

Tyrell estaba lijando los tablones de madera mientras el viejo oso lo observaba a distancia. Al viejo Tres Dedos le gustaba la miel y había estado a punto de bajar al campamento de Celine para buscarla. En realidad, era un oso de peluche, pero Tyrell no quería compartir a Celine con nadie. Ni siquiera con un oso.

Durante toda la semana había estado observándola arrastrar su mochila por el bosque. Y sus palabras seguían repitiéndose en su cabeza:

«Siempre me he levantado muy temprano. He tenido que trabajar durante toda mi vida, Blaylock. No todos hemos tenido una vida tan cómoda como la tuya. Probablemente, tú tenías preparado el desayuno cuando te levantabas. Yo no».

Él había tenido una infancia normal, llena de amor y cariño. Y se había alejado de ella.

La desconfianza de Mason y su hija le habían hecho darse cuenta de cuánto se había equivocado.

Mientras seguía lijando los tablones, pensaba que no tenía ni idea de por qué Celine Lomax lo excitaba de aquella forma, por qué se sentía diferente cuando se miraba en sus airados ojos verdes. Tyrell respiró el fresco aroma de la montaña, mezclado con el olor del café y la madera. Necesitaba trabajar duro para olvidarse de ella.

Celine se sentiría dolida cuando descubriera que había basado su carrera y su vida en una mentira y Tyrell quería protegerla. Pero también debía proteger a su familia. De repente, lanzó una maldición en voz alta. Tanto, que asustó al viejo Tres Dedos.

Tyrell había estudiado las escrituras con detalle. No había nada extraño, todo era perfectamente legal, aquellas tierras siempre habían sido de su familia.

Tyrell volvió a maldecir, asustando de nuevo a Tres Dedos, el oso que su hermano Roman había rescatado cuando era un cachorro. El animal salió corriendo entre los pinos y pasó casi rozando a Celine.

Pero, furiosa, Celine apenas le prestó atención.

–¡Tú! –le gritó. Sus pechos temblaban bajo la delgada tela de la camiseta–. ¡Me estás haciendo la vida imposible, Blaylock!

Tyrell se quedó inmóvil, sorprendido por el efecto que causaban en él las curvas femeninas. Celine no era ni delgada ni gruesa, era perfecta. Tenía unas caderas... Tyrell tuvo que hacer un esfuerzo para apartar la mirada y volver a lijar los tablones. Sabía que, si la pasión de Celine se concentrara en el amor y no en el odio, él caería rendido a sus pies. La mujer que se acercaba a él dando zancadas, con los ojos brillantes y los rizos rojos al viento tenía suficiente pasión como para enviar un hombre a la tumba.

Tyrell intentó ignorarla, pero ella lo golpeó en la espalda.

–Déjame en paz –dijo él.

–Déjame en paz tú a mí. Has estado investigando sobre mi vida para ver si encontrabas algún sucio secreto. Pero no has encontrado nada, ¿verdad? No le debo nada a nadie, Blaylock. Y como no has podido pillarme por ahí, me has enviado a tu familia.

–¿Qué? –preguntó Tyrell, sorprendido.

–Sí, claro, hazte el inocente. Tú les dijiste que fueran todos, niños incluidos, para ayudarme. Querías que me sintiera obligada hacia tu familia. Y ahora, gracias a ti, tengo la nevera llena de comida, la casa limpia y un montón de deudas con los Blaylock. No me hace ninguna gracia.

–Eso es normal, Lomax. Aquí todo el mundo echa una mano a los demás. ¿Mi familia te ha pedido algo? –preguntó. Ella lo miraba, confusa, sin saber qué decir y Tyrell no pudo evitar acariciar su mejilla. Pero Celine se apartó como un rayo–. ¿Mi hermana te ha hecho su pastel de manzana?

–Pues sí. Un pastel de unos cincuenta centímetros de alto –contestó Celine en voz baja–. Me pidieron que fuera a cenar con ellos y... a mí no me gustan las limosnas, Blaylock.

–Mira, Lomax, estas cosas son normales entre vecinos –dijo Tyrell, apartando los rizos de su cara–. Y ahora, será mejor que te vayas a casa porque si no lo haces, voy a besarte y tú vas a devolverme el beso.

–Antes de que te parta la cara, deja que te diga que Kallista está esperando un niño y tu familia está encantada. Me han pedido que te lo cuente. Y volviendo a tu amenaza, es muy típico de ti. Me la esperaba.

–¿Y esto también te lo esperabas? –murmuró Tyrell un segundo antes de tomarla entre sus brazos. Su boca era fuego puro y la dejaba sin aliento. Celine apretó su boca contra la del hombre, sin querer dejarle la iniciativa en aquel fascinante juego. Él jugueteaba con la lengua sobre sus labios, buscando entrada a su boca y ella lo dejaba hacer, sintiendo un placer increíble que la recorría entera, rodeando el cuerpo del hombre con sus brazos para que no pudiera apartarse. Con un gemido ronco, él deslizó la mano hasta sus pechos.

Sorprendida, Celine se quedó mirándolo. La expresión de Tyrell se había oscurecido y, cuando empezó a acariciarla, tuvo que sujetarse a él porque se le doblaban las piernas. No pudo evitar que Tyrell la levantara lentamente para chupar uno de sus pechos a través de la camisa. La imagen de la oscura cabeza masculina la mareaba. Parecía tan vulnerable entonces. Tyrell lanzó un gemido ronco cuando ella empujó su cabeza con las manos para acercarlo más.

Lo deseaba con todas sus fuerzas y él, tembloroso, tomó su cara entre las manos, suave, delicadamente. No se movió mientras ella pasaba los dedos por su boca. Celine sabía que él lo estaba esperando, sabía que ella tenía el poder de... abrió los ojos como platos ante aquel pensamiento. Por un momento, Tyrell necesitaba sus caricias, las esperaba.

Fuera lo que fuera aquel hombre magnífico, no pensaría sólo en él. Su instinto le decía que Tyrell se tomaría su tiempo para excitarla, para hacerla vibrar de placer antes de buscar el suyo.

De repente, los ojos del hombre se iluminaron con un brillo de furia.

–Aléjate de mí, Lomax. Aléjate de mí antes de que ocurra algo que lamentaremos los dos.

–No me arrepiento de nada. Voy a arruinarlo –murmuraba para sí misma Celine, con los pies sobre el escritorio. Había escrito un enorme cero en el cuaderno. Un cero que representaba la cantidad de dinero que le quedaba. No le había hecho gracia tener que aceptar regalos de los Blaylock. Sobre todo aquella preciosa cama de madera con dosel y mesilla a juego. Pero había disfrutado limpiando la vieja madera y viéndola brillar.

Devolvería todos aquellos muebles, por supuesto, y les pagaría por el alquiler. Celine golpeó con el bolígrafo el anuncio que había insertado en el periódico de Jasmine. El poster que había colocado en la ventana de la antigua gasolinera parecía reírse de ella: *Topografía Lomax*. Aunque después de la primera semana sin clientes, había añadido: *Honorarios negociables*.

Trabajar en el ayuntamiento comprobando planos le había dado un poco de dinero, pero no lo suficiente.

El teléfono que había sobre su escritorio lo había conseguido a cambio de un artículo para el periódico local: *La mujer en los trabajos masculinos tradicionales*. Aceptaría cualquier cosa para conseguir su objetivo y estaba dispuesta a quedarse hasta que hubiera estudiado cada mojón y cada marca en todo el territorio de Wyoming.

Pero, mientras Tyrell se podía permitir el lujo de vivir tranquilamente en su cabaña, ella no podía permitirse el de esperar para siempre. Y se estaba cansando de comer tortitas mañana, tarde y noche, siempre frías y siempre sin mantequilla.

Había conseguido darle a la casa un toque hogareño utilizando latas que llenaba de flores, lo único que podía conseguir en cualquier parte. Y le encantaba dormir en aquella cama de madera que Else le había regalado.

–La teníamos en el trastero y no la echaremos de menos. Era la cama de los abuelos –le había dicho–. Y la colcha también. La abuela la bordó antes de casarse.

Incómoda con las expresiones de afecto, Celine se había quedado rígida ante el abrazo de la hermana de Tyrell. Después, había intentado regañar a los hombres de la familia por colocar tablones de madera sobre el suelo de cemento, pero nadie le había hecho caso. Mientras Else le llenaba la nevera de comida, las otras mujeres limpiaban y empapelaban la casa riendo y haciendo bromas.

Era demasiado. Una familia feliz trabajando junta, como en las películas. ¿Qué pensarían cuando les quitase parte de sus tierras y restaurase el buen nombre de Cutter Lomax?, se preguntaba. Celine nunca antes había hecho daño a nadie y la idea le parecía aterradora.

Pero no quería preocuparse por los Blaylock. Ella tenía sus propios problemas. Conseguir un trabajo era uno de ellos e intentar no sonrojarse cuando recordaba los besos de Tyrell, otro.

Celine se dio cuenta de que había vuelto a ruborizarse. Lo hacía cada vez que recordaba las manos de Tyrell sobre sus pechos, la forma en la que su cuerpo respondía ante el contacto masculino. Ella no estaba preparada para suaves caricias, ni para besos que le robaban el aliento.

–Desde luego, sabe cómo hacer que una mujer se derrita en sus brazos.

En ese momento, un hombre alto vestido con traje de chaqueta entraba en su oficina. Era alto, moreno y su cabello caía lacio y brillante sobre sus hombros. Llevaba en la mano un ramo de flores. Para aparentar que estaba trabajando, Celine empezó a escribir apresuradamente en el cuaderno.

–Buenos días, señorita Lomax. Soy Chamming Boudreaux, antiguo jefe de Kallista Blaylock –se presentó el hombre, tomando su mano para besarla. Un gesto anticuado que a Celine le pareció encantador–. He traído estas flores para que alegren su oficina –añadió después, con una sonrisa tímida–. Es usted tan guapa como me habían dicho, señorita Lomax. Me preguntaba si querría...

La atención de Celine se dirigió a la puerta de la oficina, por la que Tyrell Blaylock acababa de entrar. Su corazón empezó a latir con fuerza.

Tyrell se cruzó de brazos y, cuando lo observó mirar con sorna la mano que Channing no había soltado, se sintió tontamente culpable.

–¿Qué quieres, Blaylock?

Los dos hombres se miraron y Celine tuvo que sujetarse al borde del escritorio. Parecían dos machos compitiendo por una hembra. Algo inaudito en la vida de Celine.

–Tyrell Blaylock, supongo –dijo Channing, ofreciendo su mano.

–Hola, Channing –saludó Tyrell sin dejar de mirar a Celine. Aquella mirada tenía un mensaje claro: ella era suya. Celine no podía creerlo.

–No se te ve mucho por aquí –dijo Channing–. Tengo entendido que sólo has bajado al pueblo para comprar provisiones y para dejar a la señorita Lomax en casa de tu hermana. Tu familia me ha hablado de ella. Me han dicho que tiene mucho carácter y eso me gusta –añadió, sonriendo a Celine con una sonrisa cálida. Insegura y sorprendida, Celine le devolvió la sonrisa. Se había puesto nerviosa. No le ocurría a menudo que un hombre quisiera flirtear con ella–. Tiene usted un hoyuelo precioso, señorita Lomax.

–Su hoyuelo no es asunto tuyo, Channing –intervino Tyrell en tono de advertencia. En ese momento, una mujer rubia con un ajustado jersey rosa, pantalones aún más ajustados y zapatos de tacón, entró en la oficina.

–¡Tyrell! –gritó la rubia, lanzándose sobre él de forma descarada–. ¡Cuánto me alegro de que hayas vuelto! Me hubiera gustado subir a verte, pero ninguna mujer puede llegar hasta tu cabaña. Está en el fin del mundo.

El fuerte perfume de la rubia inundaba la habitación. Y, de repente, Celine se dio cuenta de que hubiera deseado echar de allí a aquella mujer, impedirle que se acercara a Tyrell.

Tyrell la besó en la mejilla, pero después la apartó.

–Lettie, estás tan guapa como siempre. Por cierto, te presento a Channing Boudreaux. Es un buen partido.

La rubia se volvió para mirar al hombre

–¿Tú no eres el amigo de Kallista, el dueño de los hoteles de lujo? –preguntó, humedeciéndose los labios.

La mirada que Channing lanzó sobre Tyrell parecía querer fulminarlo.

–Sí –contestó amablemente.

–Precisamente en este momento estaba diciendo que quería invitar a alguien a comer –murmuró Tyrell, mirando a Celine.

–Pues yo tengo mucha hambre –dijo Lettie, tomando a Channing del brazo–. ¿Nos vamos?

–¡Espera! Channing... digo señor Boudreaux, ¿no quería hablar de negocios conmigo? –preguntó Celine.

–Por supuesto –contestó él, antes de que la rubia lo sacara de allí a golpe de pestaña.

–Mira lo que has hecho, Blaylock. Has echado a mi primer cliente... –empezó a decir Celine. Pero dejó de hablar cuando Tyrell dio un paso hacia ella. Reconocía aquella mirada oscura y salvaje y su corazón empezó a latir desbocado. Él la acorraló contra la pared–. No me muerdas, Blaylock.

–Me gustaría mordisquearte por todas partes –murmuró él, sobre sus labios–. Han pasado tres semanas. ¿Me has echado de menos? –preguntó, con voz ronca, como si odiara preguntar, pero necesitara saber la respuesta. En su gesto, una expresión vulnerable, tierna, irresistible. Celine deseaba que él acariciase sus pechos, que la tocara como si fuera un tesoro–. Te has puesto colorada.

–¿Qué es lo que quieres? –preguntó Celine, intentando disimular el deseo de besar aquella boca exigente.

–Nunca he deseado a una mujer como te

deseo a ti. Esa es la triste verdad –contestó él, tomándola en brazos y sentándose sobre el escritorio–. ¿Qué pasa?

–No puedes entrar aquí y decirme esas cosas.

–Te deseo y no lo puedo evitar, Lomax. Y preferiría que no complicases las cosas flirteando con Channing.

–¿Yo? ¿Flirtear con él? Necesito trabajo, pero... –empezó a protestar ella–. Si estuviera flirteando conmigo, se habría quedado en lugar de irse con esa rubia, ¿no crees? La verdad es que parece muy simpático.

–Ja –exclamó él burlón, tomando su cara entre las manos. Celine se veía a sí misma reflejada en aquellos ojos negros. Celine sabía que él necesitaba algo y el dolor que veía en sus ojos la obligó a acariciar su mejilla suavemente. Tyrell cerró los ojos y apoyó la cara en su mano–. Han sido tres semanas muy largas, Celine.

–¿Qué quieres, Tyrell? –susurró ella. Sabía que había algo extraño en el hombre, un oscuro secreto, un dolor enterrado. Él la atrajo hacia sí y apoyó su frente sobre la de ella. Celine podía sentir su tristeza y se sentía responsable–. No estás solo. Tienes a tu familia.

Tyrell se puso tenso, la besó fugazmente en la mejilla y se levantó. Después, se dirigió a la ventana, con las manos en los bolsillos.

–Entonces, ¿te quedas? –preguntó. ¿Qué estaba ocurriendo?, se preguntaba Celine. Estaba siendo cariñosa con él, la dolía profundamente su tristeza... ¿Qué le estaba pasando? De repente, Tyrell se volvió, con la misma actitud de hombre decidido que había visto en Nueva York–. Quiero que me alquiles un espacio en tu oficina.

–Yo no acepto caridad, Blaylock. Y si estás intentando hacerte el simpático para que no...

–He decidido volver a los negocios... aquí, en Jasmine, como asesor financiero. Mis antiguos colegas de Mason van a abrir su propia empresa y he aceptado ser su asesor a través de Internet. A Else no le importará que duerma en su casa durante la semana.

Celine necesitaba dinero desesperadamente y tendría que aceptar.

–Lo pensaré –mintió. Sabía que su abuelo se estaría revolviendo en su tumba por compartir algo con un Blaylock. Pero tenía que ser práctica, no podía rehusar la oferta.

Tyrell parecía impaciente, alterado. Y Celine decidió que le gustaba impacientarlo.

–Muy bien. Me gustaría contratarte. Si vas a hacer un estudio topográfico de mi propiedad, lo justo es que te pague por ello.

Celine hubiera deseado darle un puñetazo. Pero sabía que él era su único cliente: un Blaylock.

–Pues tendrás que pagar por adelantado. Quiero un contrato legal y que me pagues por horas. Y cuando encuentre lo que busco, te llevaré a los tribunales. Vas a hacer un buen negocio, Blaylock.

–Firmaré un contrato –asintió él–. Pero quiero una cláusula que determine la fecha de terminación del estudio. Tendré que traer mi ordenador y material de oficina y puedes usarlos si quieres, pero si es así, me deducirás una cantidad del alquiler –añadió, mirando a su alrededor. Cuando vio el ramo de flores de Channing frunció el ceño. Después, su único cliente salió de la oficina.

Capítulo Cinco

Tyrell aguzó el oído. Las calles de Jasmine eran silenciosas de noche y el sonido del viejo cacharro de Celine, inconfundible. Sabía que volvía de comprobar planos y planos de las tierras. Era una perfeccionista. Pero el estado de sus neumáticos era lamentable y podría haber tenido un accidente en la misma carretera en la que habían muerto sus padres. Y, si le ocurriera algo a Celine, Tyrell nunca se lo perdonaría.

Él debería haber estado en Jasmine para comprobar que sus padres volvían sin incidentes de su viaje a Cheyenne y no lo había hecho. En aquella época estaba demasiado ocupado resolviendo los problemas de Mason.

Pero tenía que intentar olvidar, se decía. Tenía que rehacer su vida.

Había logrado convencer a Celine de aceptara su oferta de alquilar un espacio en su oficina.

—Muy bien, pero tendrás que seguir mis reglas. Si te pasas de la raya una sola vez, te echaré de aquí sin miramientos –le había dicho ella, con una de sus sonrisas irónicas–. Y te lo advierto, si me devuelven algún cheque, te llevaré a los tribunales.

Tenía que admitir que nadie lo había excitado tanto como aquella mujer. Él era un hombre meticuloso, serio, práctico y, sin embargo, en lo único que podía pensar era en cómo formar parte de la vida de aquella fierecilla sin domar.

Tyrell había llevado su ordenador, estanterías, un escritorio y todo tipo de material de oficina, que mantenía ordenado en contraste con el revoltijo de mapas y papeles sobre la mesa de Celine. Ella lo miraba con sorna cuando afilaba concienzudamente sus lápices, pero aquella era su forma de trabajar.

Había decidido olvidarse de sus agresivos objetivos y dedicarse a asesorar sobre pequeñas inversiones. Edna y Frank, dos vecinos del pueblo, habían entrado en la oficina cuando estaba sacando la ropa de Celine de la nueva secadora.

–Siempre he confiado en un hombre que sabe hacer la colada –había dicho la mujer.

Celine había convertido el garaje en una especie de estudio–dormitorio, con cortinas de colores y flores por todas partes. Y a él le divertía ayudarla con las cosas de la casa.

Aquella misma mañana, sus hermanos lo habían ayudado a colocar la lavadora y la secadora en el garaje. Y se habían reído mientras instalaban la anticuada bañera con patas de león. Tyrell casi había olvidado cuánto disfrutaba de las bromas y la complicidad de su familia. Pero seguía siendo difícil para él. Seguía sintiéndose culpable.

Cuando oyó que Celine cerraba la puerta de su coche de un portazo, se pasó la mano por la cara para comprobar que estaba suave. A ella parecía gustarle el pulido Channing Boudreaux y, por eso, Tyrell había decidido afeitarse todos los días. Incluso se había cortado un poco el pelo.

Neil Morris, el veterinario del pueblo, había ido a la gasolinera, como por casualidad. Pero Tyrell sabía que había ido a conocer a la nueva chica del pueblo. Algo que no le hacía ninguna gracia.

Más tarde, había ido al supermercado y, además de comprar comida, se había permitido el capricho de comprar velas de colores. Después de llenar la nevera, disfrutó preparando un plato de champiñones a la brasa. Mientras la secadora secaba la ropa, él lavaba la lechuga para la ensalada. Estaba deseando ver a Celine tomando una cena de verdad y no una de esas tortitas que comía frías a cualquier hora del día.

A través de la ventana, estudió la agotada expresión de la mujer. No soportaba ver que se dejaba la salud intentando probar las mentiras de su abuelo. Tyrell se levantó para abrirle la puerta y ella pasó a su lado sin mirarlo.

–Cierra la puerta cuando te vayas –fue su saludo antes de entrar en el garaje y cerrar la puerta con llave. Debía de estar acostumbrada a hacerlo, pensaba Tyrell. Los Lomax habían vivido en sitios poco recomendables.

–Al menos podías darme las gracias por la cena –murmuró Tyrell, irónico. Cuando llamó a la puerta del garaje y no recibió respuesta, suspiró. Aquella mujer era imposible.

Pero tuvo que sonreír al imaginar su cara cuando descubriera todo lo que sus hermanos y él habían llevado aquella mañana. Se pondría furiosa, por supuesto.

Tyrell decidió acercarse al café de Mamie para tomar una cerveza y ver si seguía teniendo la mesa de billar en la que solía ganar partida tras partida cuando era un adolescente. Una noche de juerga no le iría mal después de toda aquella tensión.

Al día siguiente, Tyrell tenía una resaca de mil demonios. Había pasado mucho tiempo desde la última vez que había ido de copas con los amigotes. A la mañana siguiente, Else lo había encontrado a la puerta de su casa y le había quitado el sombrero que cubría sus ojos con la delicadeza de un orangután.

–Te tiene loco, ¿verdad? –había preguntado su hermana–. No sabes cuánto me alegro. Cuando el año pasado trajiste a esa bruja sin sangre en las venas... bueno, será mejor que me calle.

Neil, el veterinario, no parecía tan enfadado al final de la noche porque los Blaylock hubieran vuelto a quitarle una mujer. Neil y Tyrell tenían problemas parecidos: Channing Boudreaux. Pero Channing había aparecido en el bar y, después de varias cervezas, los tres habían acabado por hacerse amigos.

Estaban a principios de julio y Tyrell ayudaba a sus hermanos a reparar las cercas. Aquella mañana, uno de los toros de Rio se había escapado y todos los hermanos habían tenido que acudir al rancho para llevarlo de vuelta. Era un toro macho, grande y con muy mal genio, y habían tenido dificultades para hacerlo. Cuando había algún problema, la familia Blaylock se convertía en una piña. Y Tyrell había disfrutado con sus hermanos, a pesar de la resaca. Había olvidado lo que era trabajar en un rancho y había olvidado que, al final de la jornada, su hermana Else preparaba una limonada deliciosa, como solía hacer su madre cuando eran pequeños.

Él había crecido en Jasmine, pero lo que amaba era el olor salvaje de las montañas. De niño, subía a pescar al riachuelo y a cazar con su padre. Nadar desnudo en el lago había sido una de sus grandes diversiones, pero pronto los números empezaron a interesarlo, llegaron las becas y el mundo fuera de Jasmine empezó a parecerle tentador.

Tyrell respiró el aroma a heno recién cortado y tuvo que sonreír. A Celine no le gustaba que él interfiriera en su vida y tampoco le harían ninguna gracia los electrodomésticos que había conseguido para ella. No confiaba en él y seguramente habría pisoteado las flores que había dejado para ella en el garaje.

–Canela –murmuró al caballo de ese color sobre el que estaba montado. No se había sentido tan libre en mucho tiempo. ¿Por qué no se había dado cuenta?, se preguntaba. Tyrell miraba hacia el horizonte, esperando la llegada de Celine, furiosa y llena de pasión. Y él estaba deseando ver sus ojos relampagueantes, su pasión desatada. Incluso furiosa, aquella mujer lo volvía loco.

Celine frenó con un chirrido frente a la cerca de los Blaylock y uno de los neumáticos lanzó un suave silbido, como si acabara de desinflarse.

Estaba cansada y había perdido medio día buscando a Tyrell.

Por supuesto, él estaba escondiéndose después de emborracharse la noche anterior y decirle a Neil Morris y Channing que eran novios. Según Channing, Tyrell había dicho que «estaba cortejando a la flor más bonita de la montaña, con el propósito de pedirla en santo matrimonio».

Vestida con una camiseta y vaqueros cortos, *la flor más bonita de la montaña* se dirigió hacia los Blaylock con los ojos inyectados en sangre.

–Buenos días, señorita Lomax –dijo Dan, quitándose el sombrero–. Me gustaría invitarla a cenar con nosotros esta noche.

–Pues yo... –empezó a decir ella. No quería ser amiga de los Blaylock. Ella nunca había necesitado amigos. La vida con Cutter y su padre le había impedido tenerlos, porque se movían de ciudad en ciudad escapando de los acreedores–. Quiero ver al niño.

–¿El niño? –preguntó Logan.

–Tyrell. Me está dando problemas y esto tiene que acabarse de una vez por todas.

–¿Tyrell le está dando problemas?

–Es imposible –intervino Rio–. Mi hermano es el orden y la seriedad personificados...

–Deja de defenderlo –lo interrumpió Celine–. No es el orden y la seriedad personificados. Es un canalla. Sé que ha sido él quien ha llevado los electrodomésticos a mi garaje. Dime dónde está porque quiero matarlo.

–Eso me gustaría verlo –rio Logan.

—Está destrozando mi vida —insistió ella. En ese momento, vio que se acercaba un jinete montado sobre un caballo color canela y tuvo que contener el aliento. El hombre, con el torso desnudo, sujetaba las riendas con fuerza, el pelo apartado de la cara por la brisa, apretando las piernas contra la silla. Celine casi podía sentir que era a ella a quien sujetaba y un escalofrío de deseo la recorrió entera. Pero no podía distraerse—. No os metáis —advirtió, mirando a los hermanos. En ese momento, Tyrell llegaba a su lado—. Tyrell Blaylock, ¿quién te ha dado derecho a meterte en mi vida?

Tyrell desmontó con suavidad y saltó la verja. Se movía como si nada pudiera detenerlo. Iba a besarla y Celine lo sabía.

—¿Me has echado de menos? —preguntó, antes de buscar sus labios. Celine parpadeó y, de repente, sus deseos de matarlo, desaparecieron en el aire de julio. Él la apretaba contra su pecho desnudo y ella lo dejaba hacer, confundida y trémula. Tyrell apartó los labios unos segundos después y Celine se dio cuenta de que sus pies no tocaban el suelo—. Hola cariño.

—Hola —se escuchó decir a sí misma.

—¿Has tenido un buen día?

—Sí —contestó ella. De repente, recordó que había ido a matarlo y le dio una patada en la espinilla. Tyrell lanzó una exclamación y la soltó. Celine intentaba hablar, pero la anchura de aquellos hombros desnudos la dejaba sin palabras. El suave vello oscuro que cubría el pecho masculino hasta perderse bajo la cinturilla de los vaqueros era una tentación para sus dedos. Si no dejaba de mirarlo, saltaría sobre él y...

Tyrell se inclinó para besarla en el cuello y ella se apartó. No podía evitar el escalofrío que la recorría cada vez que aquel hombre la rozaba.

Celine observó al resto de los hermanos apoyados indolentemente en la cerca, todos con botas, guantes de cuero y sombreros, como auténticos cowboys que eran. Tyrell se inclinó entonces para atarle los cordones de las botas y los hermanos empezaron a darse codazos unos a otros, divertidos.

–No hagas eso. Estoy enfadada contigo.

–Me gusta cuidar de ti.

El mundo parecía haberse detenido en ese momento y Celine sólo podía escuchar los latidos de su corazón. Lo único que podía ver era la espalda desnuda de Tyrell y, cuando se incorporó, uno ojos tan oscuros como cristales.

–Te has metido en un lío –susurró.

–Lo sé. Un lío tremendo –dijo él–. Esta noche hay un baile, Celine. ¿Te gustaría ir conmigo? Eso es, si no tienes miedo.

–¿Miedo de qué? –lo retó ella.

–De mí –contestó Tyrell–. Me gustaría bailar contigo y besarte bajo la luna.

La romántica imagen hacía que Celine sintiera mariposas en el estómago. Pero no pensaba decírselo. Él entrelazó sus dedos con los de ella sin dejar de mirarla a los ojos. El contraste de oscuro y claro, de hombre y mujer era un gesto tan erótico que Celine tuvo que apartar la mirada y concentrarse en lo que había ido a hacer allí.

–No puedo quedarme con los electrodomésticos.

–Son para mí –dijo él–. Los he comprado para hacer mi colada. Pero si tú quieres usarlos, puedes deducirme un tanto del alquiler. ¿Te parece?

–¿Y la bañera?

–Si quiero tener un aspecto civilizado, la necesitaré.

Las rodillas de Celine empezaban a flaquear. Y eso no podía ser.

–Bueno, supongo que será un ahorro. Pero no sé si eres muy civilizado.

–Me pones nervioso –murmuró Tyrell.

–¿Por qué? ¿Es porque he venido para...?

–Es porque somos un hombre y una mujer –la interrumpió él, poniendo un dedo sobre sus labios–. Me excitas, cariño.

Celine se encontró sonriendo como una tonta, sintiéndose suave y femenina por primera vez.

–Señorita Lomax, ¿va a matarlo ahora mismo o después de comer? –bromeó Rio.

–Piérdete –dijo Tyrell, tomando a Celine por los hombros.

Ella se lo permitió durante unos segundos, pero después se apartó de un tirón. La asustaba demasiado lo que aquel hombre la hacía sentir.

–No puedes besarme y tocarme delante de todo el mundo, Blaylock. Te la estás ganando –dijo Celine con firmeza. Los hermanos de Tyrell tenían que disimular la risa.

–¿Qué me vas a hacer? –preguntó él, inclinándose para morderla en el cuello.

Aquella vez, Celine estuvo segura de que su escalofrío había hecho temblar la tierra.

–Deja de tocarme –susurró, apartándose, colorada como un tomate–. Has estado diciendo por ahí que... que ibas a pedirme que me casara contigo y he venido a que me des una explicación.

–Creo recordar que anoche dije algo de matrimonio, es verdad –empezó a decir él, pensativo–. Ya te he dado la explicación. ¿Qué vas a hacerme ahora? –preguntó, mirando descaradamente sus pechos. Celine tuvo que dejar de respirar durante unos segundos, porque cada vez que lo hacía, sus pezones se marcaban bajo la camiseta.

–Nosotros podemos encargarnos de él, señorita Lomax –se ofreció Rio, entregándole a Tyrell un ramo de margaritas que habían cortado entre todos–. Hace mucho que no le damos una buena paliza.

Tyrell le ofreció las flores a Celine y esperó.

–No, gracias. Me gusta solucionar mis propios problemas –dijo ella, lanzando un puñetazo al estómago de Tyrell, que se encogió, riendo. Después, se dio la vuelta con cara de pocos amigos.

Echándose el sombrero hacia atrás, Tyrell se quedó admirando el movimiento del trasero femenino mientras se dirigía a su coche.

–Se te está cayendo la baba –dijo Logan.

–¿Qué?

–La próxima vez, inténtalo con rosas –intervino Rio cuando pudo dejar de reírse.

–Ya lo he hecho. Por eso está enfadada.

–Pues prepárale una buena cena –sugirió James, el experto marido de Else.

–También lo he hecho. Es guapa, ¿verdad? Me encanta cuando se pone furiosa y me mira con esos ojos verdes relampagueantes.

–Has estado en las montañas demasiado tiempo –dijo Dan, golpeando a su hermano en el hombro con cariño–. Ni siquiera puedes conseguir una cita con la mujer que te gusta. Eres la vergüenza de los Blaylock.

Cuando Tyrell volvió a mirar a Celine, vio que se disponía a cambiar un neumático.

–Deja, yo lo haré –dijo, acercándose.

–Déjame en paz. Blaylock. Sé cuidar de mí misma.

–Ya lo sé. Pero me parece que necesitas un coche nuevo –sonrió él, quitándole el gato de la mano. Ella lo miró, furiosa–. Ten cuidado, Celine. Te va a dar un ataque.

–Te estás pasando, Blaylock.

–Sé buena, Celine. Sabes que estás enamorada de mí. ¿Qué me dices de lo de ir al baile?

–La respuesta es no.

Unos minutos más tarde se alejaba, dejando tras ella un rastro de polvo. La visita de Celine lo había hecho sentir como un crío con su primera novia. Lo hacía sentir limpio y lleno de vida.

–¿Quién ha dicho que quería pegarme una paliza? –preguntó, lanzándose sobre sus hermanos.

Aquella noche, el café de Mamie estaba lleno de gente. El pueblo había recibido un montón de visitantes que, al día siguiente, acudirían al esperado rodeo. Celine jugaba al póker con Neil y Channing. No habían vuelto a flirtear con ella desde que Tyrell les había dicho que eran novios y era mejor así. Celine había vuelto a ser uno de los chicos, como siempre.

–Lo siento, chicos. La partida es mía –sonrió ella, dejando sus cartas sobre la mesa.

–No sé qué me pasa. Yo solía jugar al póker como un profesional –se quejó Neil.

Celine tomó sus ganancias, frotándose las manos. Su abuelo le había enseñado a jugar al póker y ella había aprendido bien la lección. Sin trampas, claro.

En ese momento, una mujer entró en el café y Neil y Channing se volvieron para mirarla. Pero se volvieron de nuevo cuando tras ella entró un hombre con un niño en brazos. Channing y Neil suspiraron, un coro de hombres solitarios.

Celine puso los pies sobre una silla. Estaba cansada y nerviosa por la confrontación con Tyrell. Sobre todo, porque no podía quitarse de la cabeza aquel torso desnudo, tan masculino, tan excitante. Era un tipo arrogante e insoportable, pero tenía un cuerpo como para desmayarse, tenía que reconocer Celine. Le hubiera gustado poner la mano sobre sus bíceps, deslizar los dedos por su pecho y...

Prefería estar con Neil y Channing. Ellos no la ponían nerviosa. Incluso le hacían gracia sus comentarios sobre las mujeres que entraban en el café.

–Tuya –decía Neil cuando alguna no le gustaba.

–Paso –decía Channing, si tampoco era de su gusto.

–¿Sabéis una cosa? –confesó a sus nuevos amigos–. Creo que he herido los sentimientos de Tyrell. Me ha pedido que fuera con él al baile y le he dicho que no.

–Conozco a Tyrell desde que éramos pequeños –dijo Neil–. Y no creo que hayas herido sus sentimientos. Además, si quiere casarse contigo, lo está haciendo muy mal.

–Alerta roja –murmuró Channing mirando por encima del hombro de Celine.

Aun sin verlo, Celine sintió su presencia. Tyrell tenía el pelo mojado de la ducha y olía a limpio, a hombre. Llevaba una camisa y vaqueros limpios y las botas brillantes. Era un cowboy preparado para una noche de fiesta y estaba para comérselo.

–Señores... Celine –murmuró, sentándose–. ¿Interrumpo algo?

–Ya te dije todo lo que quería decirte esta mañana –dijo ella–. Y ahora, vete.

Tyrell no replicó. Se limitó sencillamente a mirarla, con aquellos ojos oscuros que a veces parecían los de un salvaje y otras, los de un cachorro perdido.

–¿Irás al rodeo mañana, Celine? –preguntó Channing.

–No creo. Mañana tengo que volver a la montaña. Los Blaylock me están dando mucho trabajo –contestó ella, dejando las cartas sobre la mesa–. Bueno, chicos, me voy –se despidió, levantándose. En ese momento, un pensamiento la asaltó. Se imaginaba a Tyrell ensangrentado bajo los cuernos de un toro–. ¿No irás a participar en el rodeo, ¿verdad?

–Pues la verdad, me gustaría mucho.

–No lo hagas –murmuró ella–. No estás en forma y... –la mirada oscura y caliente del hombre la hizo ponerse tensa–. Bueno, adiós.

Los tres hombres se levantaron y Tyrell tomó su mano para llevársela a los labios. Celine salió a la calle, sintiendo que la mano le quemaba.

Una hora más tarde, estaba arreglando una mecedora vieja que alguien del pueblo había tirado. Pero no podía dejar de pensar en Tyrell Blaylock.

Después, fue a la parte trasera de la casa para regar los tiestos y árboles que había plantado y, cuando volvió al porche, se encontró a Tyrell sentado cómodamente.

–¿Qué haces aquí?

–¿Por qué huyes de mí?

–Yo no huyo de nada. Eres tú el que huye –replicó ella.

–¿Y eso?

–Estás deseando volver a tu escondite en las montañas. Eres tú el que huye de algo, pero no sé de qué. Todo eso de ir al baile conmigo no era más que una broma entre hombres. Pero yo no he venido aquí para solucionarte la vida, Blaylock. Si tienes problemas, arréglalos tú solito.

–Lomax, tienes una opinión muy pobre de los hombres –dijo él. Celine no replicó–. Venga, vamos al baile. No tenemos que ir juntos, si no quieres.

–No me apetece ir al baile.

–Tienes miedo –sonrió él–. Te da miedo estar a solas conmigo.

Capítulo Seis

Celine no estaba acostumbrada a que los hombres abrieran puertas para ella.

–Puedo abrir la puerta yo misma, Blaylock.

–Es algo natural, Lomax. Mi padre nos enseñó a tratar a las mujeres con respeto –sonrió él–. ¿Tienes algún problema con las tradiciones familiares?

–Déjalo. Prefiero no discutir contigo –intentó sonreír ella. No podía discutir sobre tradiciones familiares, porque ella tenía la suya propia: la venganza contra los Blaylock.

Tyrell la tomó de la mano y, cuando entraron en el salón de baile, todo el mundo se quedó mirándolos. Hacía mucho tiempo que nadie la tomaba de la mano y Celine sentía que la de la Tyrell era como un salvavidas en aquel momento.

–¿Qué pasa? ¿Por qué nos mira todo el mundo? –preguntó.

–No te preocupes. No pasa nada.

–¿Trajiste a... Hillary aquí?

–No –contestó él. En ese momento, Logan

besó a su mujer y el resto de los Blaylock empezó a hacer lo mismo con las suyas.

–Estaba esperando que no pasara esto hasta que estuvieras un poco más relajada, pero en fin... lo siento. Es una tradición de los Blaylock –dijo Tyrell, antes de tomarla en sus brazos. Apretada contra el pecho masculino, Celine cerró los ojos mientras él la besaba apasionadamente. Sus pies apenas rozaban el suelo y lo único que oía eran los latidos de su corazón.

–¿Vas a volver a hacerlo? –preguntó ella, sin aliento, cuando él se apartó.

–No tengo más remedio –sonrió Tyrell, antes de volver a besarla. Celine no podía resistirse. Y no quería. Cuando el beso terminó, se dio cuenta de que había enredado sus brazos alrededor de la cintura del hombre sin darse cuenta.

Cuando alguien gritó que empezaba la cena, Celine se apartó, nerviosa. Tyrell la tomó por los hombros y la sentó a su lado frente a una enorme mesa cubierta por un mantel de cuadros rojos y blancos. La novedad de sentirse pequeña y femenina la aterraba. Tyrell tomó su mano, como si fuera un gesto natural, como si estuvieran destinados a estar juntos.

Celine observaba cuidadosamente a los Blaylock. Cada uno de ellos atendía a su mujer con caricias, con sonrisas...

James acariciaba la espalda de su mujer. No era una caricia sensual, sino algo dulce, cariñoso... Celine lo sabía porque la mano de Tyrell acariciaba su espalda de la misma forma.

–¡Oye! –murmuró, dándole un codazo en las costillas–. Deja de tocarme.

–¿Por qué?

–Porque no está bien.

–Es algo natural.

–A mí no me gusta que me toqueteen. Yo creo que tú no estás bien. Has perdido la cabeza.

–Desde luego. Por ti –sonrió él. Después de comer, los niños corrían alrededor de la mesa, jugando y riendo y Celine los miraba, divertida–. Me gustaría tener muchos hijos. ¿Y a ti?

–No sé si sería una buena madre –contestó ella–. La mía me abandonó cuando yo tenía un año porque no quería asumir la responsabilidad de tener y cuidar a un hijo. Es posible que yo sea como ella, pero a veces, miro a mi alrededor y me preguntó cómo será estar rodeada de niños, de cariño... –murmuró Celine, observando a una mujer que jugaba con la muñeca de su hija. Aquella imagen hacía una herida en su corazón. Ella nunca había tenido muñecas. Cutter sólo le compraba juguetes de niño. Y eso, pocas veces.

–Es muy bonito tener una familia –dijo Tyrell–. No sé por qué me olvidé de ello cuando me fui a Nueva York.

Celine observó la indefinible expresión de dolor en los ojos del hombre.

–Tú eres un muy fuerte. Seguro que encuentras la respuesta.

–Estás muy guapa esta noche, Celine.

Nunca le habían dicho que estaba guapa y Celine no podía creérselo. No debía hacerlo.

Más tarde, Tyrell la encontró en una esquina, tomando té helado y estudiando a la gente. Era imposible que los Blaylock fueran una panda de mentirosos y ladrones, se decía. Era imposible que Cutter hubiera tenido razón. Aquella gente se portaba amablemente con todo el mundo, incluso con ella. Y podía ver cómo los matrimonios seguían tratándose con respeto, con cariño. Las parejas bailaban, los hombres mayores bromeaban con sus esposas y el ambiente en el pueblo en general, era de felicidad y paz.

Las palabras de Cutter se repetían en su mente:

–Nunca confíes en un Blaylock –decía–. Parecen muy amables con todo el mundo, sobre todo con las mujeres. Pero dejan de serlo cuando cierran la puerta del dormitorio.

Logan Blaylock pasó a su lado, con un niño sobre los hombros. ¿Cómo podía un niño tener esa cara de felicidad si no fuera dichoso?, se preguntaba. Los niños no pueden disimular sus sentimientos. De pequeña, ella solía esconderse en un rincón cuando su abuelo volvía borracho a casa, pero aquellos niños correteaban felices por todas partes. Aquello no podía ser mentira, no podía ser un espectáculo para engañarla.

Tyrell se acercó en ese momento. Sus ojos no se apartaban de los suyos, como si la hubiera estado buscando siempre.

–Ven aquí –su tono eran tierno y dulce, mientras la tomaba por la cintura, como si quisiera pegarla a él dc por vida. Después tomó su mano y la puso sobre su corazón. De aquella forma anticuada bailaron sobre la pista, mirándose a los ojos, perdidos en su propio mundo.

Estaban bailando un vals y Celine sabía que no lo olvidaría en toda su vida. No quería que terminase la noche. Tyrell la hacía sentir única, especial y ella recordaría aquella noche para siempre.

Entonces James se inclinó para besar a su esposa y el resto de los Blaylock hicieron lo mismo.

–Perdona –murmuró Tyrell, inclinándose para besarla.

Celine sonrió y levantó los brazos para enredarlos alrededor del cuello masculino.

Cuando dejaron de besarse, Tyrell tenía una expresión alegre en los ojos. Una expresión irresistible.

–Lo siento –musitó ella, tomando su cara entre las manos para besarlo por propia iniciativa. Por primera vez.

Tyrell se había quedado tan sorprendido que no podía decir nada. Celine no tenía miedo. Ningún miedo de aquel gigante moreno que intentaba controlar sus emociones y que la sujetaba por la cintura con manos temblorosas.

Más tarde, en la puerta de su casa, él se inclinó para besarla en la mejilla.

–Ha sido un día muy largo –murmuró, mirándola a los ojos.

–Esa tradición familiar... –empezó a decir ella–. ¿A cuántas mujeres has besado en el baile?

–Sólo a ti –contestó él–. Eres la primera mujer que beso en el baile desde que tenía diecisiete años.

La respuesta había sido tan sincera, tan cargada de emoción, que Celine sintió que se ahogaba.

–Han pasado muchos años –musitó ella.

–Muchos, cariño –sonrió él, acariciando su pelo–. Yo tampoco tengo mucha experiencia.

–Tyrell Blaylock, no me tomes el pelo –dijo ella entonces, tomándolo por la camisa.

Tyrell la miró a los ojos durante unos segundos y después se dio la vuelta sin decir nada. Celine se quedó temblorosa en el porche, pensando que Tyrell Blaylock había conseguido lo que quería aquella noche: que una Lomax respondiera a sus besos.

Celine no había dormido en toda la noche y no estaba preparada para las bromitas de Tyrell al amanecer.

–Creí que te gustaba levantarte pronto –dijo él, pasándole una margarita por la nariz–. ¿O es solo cuando la otra persona quiere dormir?

–Déjame en paz, Blaylock –murmuró ella, dándose la vuelta–. Nos veremos cuando tengas que pagarme el alquiler.

–¡Arriba! –dijo él, dándole un cachete en el trasero. Celine lo miró, sofocada. Con una camiseta blanca y vaqueros, recién duchado y afeitado, Tyrell Blaylock era un pecado.

–Vas a ir al rodeo, ¿no? Pues espero que te mate un toro. Y ahora, déjame dormir.

–Había pensado hacer otra cosa. Aunque no me importaría intentar montar el toro de Logan, la verdad.

–¡No lo harás! –exclamó ella de repente, incorporándose. Sabía que el toro de Logan era un ejemplar enorme y salvaje–. Es un macho gigantesco y podría hacerte daño de verdad.

–Tú eres más guapa, desde luego, pero como no puedo tenerte a ti, tendré que montar un toro.

–O sea que, como no puedes tenerme a mí, vas a ir al rodeo y si te hacen daño, la culpa es mía. Muy típico.

Su sonrisa la mareaba. Tyrell estaba guapísimo y ella, despeinada y en pijama. Celine se dio la vuelta otra vez, pero Tyrell volvió a darle un cachete en el trasero.

–¡Déjame en paz! –gritó ella, tocándose la

parte dolorida. Pero él seguía sin moverse–. Anoche conseguiste lo que querías, ¿verdad?

–No exactamente –murmuró él, inclinándose para besarla. Celine reaccionó pegándole un empujón y Tyrell, divertido, se lanzó sobre ella.

La cama crujió por el peso de los dos, como si fuera a partirse. Ella intentaba soltarse, pero Tyrell la sujetaba con fuerza, con los ojos clavados en la delgada camiseta que apenas cubría sus pechos. La respiración de Celine era dificultosa y sus pechos subían y bajaban, casi rozando la boca del hombre.

Entonces, Tyrell la besó desesperadamente, como si una barrera se hubiera roto, su boca fiera y exigente. Él empezó a acariciar sus pechos con desesperación y Celine se asustó. Deseaba calmarlo y, cuando bajó la mano para acariciar su pelo, sintió el escalofrío del hombre. La idea de que sus caricias lo afectaran de esa forma era fascinante para ella.

De repente, Tyrell se levantó y le dio la espalda.

–No he venido para esto –murmuró. Incapaz de resistirse, Celine le puso las manos en la espalda–. No me toques –la voz de Tyrell era ronca, como si librara una batalla en su interior–. Tenemos problemas, Lomax. Tú eres una mujer apasionada y yo... ¿te gustaría pasar el día conmigo? Podemos ir de merienda a la montaña.

–¿Es una cita? –preguntó ella, sorprendida por el brusco cambio de conversación.

–Sí. La primera no fue tan mala, ¿verdad?

Tyrell parecía inseguro y solitario y a Celine le dolía el corazón de verlo así.

–Claro –dijo ella por fin–. Una merienda gratis es una merienda gratis.

–Vaya, gracias. Y deja de sonreír. Ese hoyuelo me pone... –Celine parpadeó coquetamente. Se sentía femenina a su lado. Y le gustaba–. No hagas eso –rió él, empujándola sobre la cama–. Te espero fuera.

Tyrell deseaba llevarla a la montaña para alejarse de la gasolinera en la que su padre había tenido que enfrentarse a tiros con Cutter Lomax. La quería para él solo y la llevó a su lugar favorito. Una pequeña cascada en el lago, un paraje de ensueño. Después de merendar, Celine se sentó al borde del lago mientras él se tumbaba en la manta.

–¿Has encontrado lo que estabas buscando? –preguntó él.

–No, pero lo encontraré. Y la casa que mi abuelo construyó –contestó ella, apártandose el pelo de la cara. Con la camiseta ajustada y los vaqueros cortos, aquella mujer lo volvía loco.

–Tengo que decirte algo, pero no me pegues –dijo Tyrell, acercándose.

–Si es sobre mi abuelo, ya sé lo que vas a decir. Y me da igual –lo cortó ella–. ¿Para eso me has traído aquí? ¿Para...?

–Tu venganza no tiene nada que ver. Quiero que me escuches.

–¿Qué?

–Me atraes mucho.

¿Atraer? Eso no era nada. Aquella mujer era lo que había estado buscando durante toda su vida.

–Ya –murmuró ella.

–Eres la mujer más excitante y femenina que he conocido en mi vida. Si te hubiera besado anoche, hubiera querido más. Hubiera querido despertar en tu cama y hubiera querido... lo mismo que quiero ahora. Pero hacer el amor contigo complicaría las cosas. Quiero una relación contigo. Quiero comprarte flores y llevarte al baile y más que eso. Quiero quererte, Celine. De verdad –dijo el hombre con tal tono de sinceridad que Celine no sabía qué pensar–. Y quiero que tú me quieras.

–Ya sé que quieres algo de mí.

–Desde luego –sonrió él.

–Los hombres no me encuentran femenina. Nunca lo han hecho –dijo Celine–. De modo que si me encuentras tan atractiva es por lo que he venido a hacer aquí.

–Sólo te pido que lo pienses, ¿de acuerdo? Me vuelves loco, Celine.

–Toda esa fascinación termina después de la cama, Blaylock. Entonces, se termina el juego.

–¿De verdad? Sabes muchas cosas sobre el amor.

–¿Por qué yo, Blaylock?

–Porque me haces feliz. Y no he sido feliz en mucho tiempo –contestó él, tomando su mano y poniéndosela en la cara. El gesto era tan tierno que Celine empezó a temblar y apartó la mano, asustada.

–Yo... –empezó a decir. Tyrell la miraba a los ojos con aquel fuego que ella conocía bien–. Vas a besarme, ¿verdad?

–Tengo que hacerlo.

–¿Qué está pasando, Tyrell?

–Ya te enterarás –murmuró él, tomándola en sus brazos.

La segunda semana de julio, Tyrell estaba trabajando en su ordenador, esperando que las enchiladas se calentasen en el horno. Le gustaba preparar la comida para Celine, que se pasaba el día en el ayuntamiento estudiando escrituras. Y se sentía orgulloso de su nuevo trabajo como asesor de parejas retiradas que querían asegurar su vejez y padres que deseaban guardar un dinero para la universidad de sus hijos.

Celine entró en la oficina en aquel mo-

mento, con aspecto de cansada. Tyrell quería
darle tiempo para confiar en él, para estable-
cer una comunicación entre los Blaylock y los
Lomax. Y para eso necesitaría tiempo. Lo quería todo de Celine. Quería su amor y quería casarse con ella.

–Blaylock, sabes que necesito mucho
tiempo para encontrar lo que busco, ¿verdad?
La factura te va a salir muy cara.

–Me gustaría darte algo por adelantado, si
te parece.

Aceptar dinero de él no resultaba fácil, pero
Celine era una mujer práctica.

Tyrell estudió su trasero mientras ella entraba en el garaje. Estaba deseando tocarla, hacerle el amor. Trabajar en la misma habitación
con ella lo ponía a prueba todos los días. Pero la
paciencia siempre había servido sus propósitos.
Aunque, en aquel caso, lo estaba destrozando.
Cuando escuchó el sonido de la ducha, se levantó de un salto y se pasó la mano por el pelo.

Tenía que concentrarse en el trabajo si quería olvidarse del cuerpo de Celine. Pero du-
daba de que pudiera hacerlo durante más de
un minuto.

La semana siguiente, Celine decidió hablar
con los propietarios de las tierras que lindaban
con las de los Blaylock.

Pero no podía dejar de recordar lo que Tyrell le había dicho en la montaña, y no podía dejar de recordar su cuerpo sobre ella en la manta, temblando de deseo. Le gustaba sentir el peso del hombre y sus propios deseos la sorprendían. Ella, una Lomax, abrazando a un Blaylock cuyos oscuros y dolorosos secretos parecían apaciguarse entre sus brazos.

Desde su mesa, observaba a Tyrell hablar con sus clientes, siempre serio, amable, seguro de sí mismo.

En ese momento, él estaba explicándole algo sobre unas inversiones a los Monroe. Todo el mundo confiaba en Tyrell. Era un Blaylock, un pilar de la sociedad de Jasmine.

Pero ella era una Lomax y tenía un deber que cumplir para limpiar el nombre de su abuelo.

Sin embargo, aquella mañana no podía concentrarse en los planos y no dejaba de escuchar la voz segura y competente de él. No podía dejar de recordar aquel domingo en el campo, cuando se habían besado y habían jugueteado como dos niños, poniéndose flores en el pelo.

Su abuelo la hubiera maldecido por desear a un Blaylock, por dejarse besar por él. Y, sin embargo, mientras observaba las grandes y seguras manos del hombre trabajando sobre las teclas del ordenador, el deseo volvía a despertarse en su interior.

Tyrell la miró en ese momento. Una mirada posesiva que la hizo ponerse colorada.

De repente, el señor Monroe se volvió hacia ella.

–Tú eres Celine Lomax, ¿verdad?

–Sí –contestó ella.

–Tyrell nos ha dicho que podemos confiar en ti –dijo el hombre–. Yo conocí a tu abuelo, pero me han dicho que tú no te pareces nada a él.

–¿Conoció bien a mi abuelo, señor Monroe?

–Sí –contestó el hombre, con sequedad–. Yo era uno de los ayudantes de Lucke Blaylock, el sheriff entonces, la noche que tuvimos que enfrentarnos a tiros con tu abuelo aquí mismo, en la gasolinera. Le había pegado una paliza a Monty Chevaz y...

–Bueno, ya está bien de viejas historias –le cortó su mujer–. La chica no es como Cutter.

–Mi abuelo no pudo mentirme –murmuró Celine cuando los Monroe salieron de la oficina–. No puedo creerlo.

–Celine, olvídate de tu abuelo. Tienes que hacer tu propia vida –dijo Tyrell, acercándose para abrazarla. Celine hubiera podido quedarse en sus brazos toda la vida, pero las lágrimas empezaron a asomar a sus ojos y salió corriendo para que él no lo viera.

Tyrell la encontró en un rincón de la cocina, con un paño sobre la cara.

–Cariño... –empezó a decir–. ¿Por qué te esondes? ¿Cuántas veces has tenido que esconderte?

–Suficientes –contestó ella.

–Ya no estás sola, cariño –susurró él, tomándola en sus brazos–. Por favor, intenta confiar en mí.

A Celine le hubiera gustado recordarle que ella era una Lomax y él un Blaylock y que eran como el aceite y el agua. Hubiera querido soltarse de su abrazo. Pero, sin saber por qué, lo dejaba acunarla y acariciarla.

–Nunca tuve una muñeca –se oyó decir a sí misma, odiando su patético tono de voz y los dolorosos recuerdos que aquello le traía.

Tyrell seguía abrazándola sin decir nada y Celine no sabía si enfadarse con él por haber conseguido romper su fachada de seguridad o con ella misma por ser tan vulnerable. Pero, al mismo tiempo, deseaba que no la soltara nunca.

Capítulo Siete

Horas más tarde, Tyrell observaba a Celine cruzar la calle. Pálida, se inclinaba como si alguien hubiera atravesado su corazón con una lanza. Había estado hablando con el dueño del periódico local y, en la tarde soleada de julio, las lágrimas volvían a brillar en sus ojos.

Tyrell hubiera deseado con todo su corazón poder ahorrarle el dolor, pero sabía que no podía hacerlo. Celine se dirigió al garaje sin pasar por la oficina y Tyrell miró a los Woodrow.

–Me temo que tendrán que esperar hasta mañana. Lo siento.

–Será mejor que vayas a consolarla, Tyrell –dijo la señora Woodrow–. Ella no es como el canalla de su abuelo. Vamos, Herb. Hemos esperado cuarenta años para retirarnos y podemos esperar un día más.

Tyrell encontró a Celine apoyada en la pared del garaje, deshecha en lágrimas.

–Celine, cariño...

–Vete –dijo ella, limpiándose las lágrimas de un manotazo.

Cuando él intentó abrazarla, Celine se apartó y se hizo una bola en una esquina.

–Celine, ¿qué te pasa?

–He estado hablando con el dueño del periódico. Dice que mi abuelo le pegó una paliza a Monty Chevaz por haberlo despedido, que mi abuelo le había robado dinero de la caja y que... que estuvo muchas veces en la cárcel.

–Ojalá yo pudiera...

–Todo es muy fácil para ti, ¿verdad, chico listo? Pues si eres tan listo, ¿qué estás haciendo en este maldito pueblo?

–Sé que te sientes herida y que te duele oír esas cosas de tu abuelo –murmuró.

–¿No me digas? –exclamó ella, volviéndose de repente y golpeándolo sin querer en la cara–. Lo siento –murmuró, compungida–. Tienes que alejarte de mí, Blaylock. No estoy muy feliz en este momento.

–Ya lo veo.

–A mi abuelo lo acusaron injustamente.

Celine llevaba más de treinta años creyendo en la palabra de su abuelo y le resultaba difícil creer otra cosa. Tyrell admiraba su lealtad y sabía que la herida seguiría abriéndose cuanto más supiera sobre la auténtica personalidad de Cutter Lomax, pero no podía hacer nada para evitarle el dolor.

–Suénate –dijo Tyrell, sacando un pañuelo del bolsillo.

Ella lo hizo y después, durante un segundo, apoyó la cabeza en el pecho del hombre.

–Perdona –dijo, apartándose–. Ha sido un momento de debilidad.

Celine salió del garaje a toda prisa y Tyrell se quedó clavado en el sitio. Aquella mujer le recordaba a él mismo, guardándose las emociones, escondiendo su dolor de los demás.

Estaba esperándola cuando Celine volvió por la noche, con los hombros caídos. Cerró la puerta del garaje y se apoyó en ella, exhausta. Tyrell hubiera querido abrazarla, pero se quedó sentado en la vieja mecedora. Ella no parecía sorprendida de verlo.

–Celine, tienes que olvidarte del pasado.

–Ya, claro. Tú puedes olvidarte de lo que quieras porque tu vida es limpia, ordenada y cómoda. Pero esto es todo lo que yo tengo, Blaylock.

–Mi vida no es muy ordenada ahora mismo –dijo Tyrell.

Celine se acercó a la cama y se tiró sobre ella, encogiéndose como una niña.

–Estoy agotada. Cierra la puerta cuando te vayas.

–Tenemos que hablar, Celine. No puedes huir de la verdad.

–Tú eres el enemigo. ¿Por qué voy a contarte nada? –preguntó, furiosa, sentándose sobre la cama–. Tantos besos, tantos abrazos... estás desesperado porque sabes que voy a terminar mi investigación y voy a descubrir que mi abuelo decía la verdad. Besarme no era más que una forma de hacer que me olvidara del asunto. Sólo querías enamorarme.

–Es verdad –contestó él. Pero no por las razones que ella creía.

–Porque soy una Lomax y tú, un Blaylock.

–Celine, por favor. Déjalo ya –gritó él, pasándose la mano por el pelo. Era la primera vez que levantaba la voz y se sentía arrepentido.

–Sí, grítame, Blaylock. Muy típico. Cuando alguien te dice las verdades, te pones a gritar –insistió Celine, inclinándose para desatarse las botas. La postura dejaba al descubierto su escote y Tyrell lanzó un gemido ronco de frustración.

–¿Qué te pasa? ¿Estás enfermo?

–Estoy perfectamente, gracias –contestó él, antes de salir dignamente del garaje.

Al día siguiente, Tyrell intentó ignorar a Celine, pero no podía. Había tenido que apartar la mirada de ella cada vez que se movía, cada vez que suspiraba, cada vez que se levantaba de la mesa, porque aquella mujer no estaba interesada en él y Tyrell, sin embargo, estaba loco por ella. Y porque al admirar su redondo trasero se le había caído el café en la entrepierna. Celine se había acercado apresuradamente para ayudarle a limpiar el pantalón, pero él había apartado sus manos.

–Oh –murmuró, sorprendida, al descubrir que estaba excitado.

–Sí. Oh.

–Alguien tiene problemas –bromeó ella, apartando la mirada–. Y no soy yo.

Más tarde, Celine se puso de puntillas para alcanzar un archivo de la estantería y la visión de su trasero bajo el pantalón corto lo puso enfermo. Tyrell se levantó y tomó el archivo, soltándolo de golpe sobre su mesa.

Aquella misma tarde, casi se cayó de la silla cuando ella entró en la oficina con una falda corta. Celine se sentó frente al escritorio y, como hacía siempre, empezó a juguetear con sus rizos. Tyrell intentó concentrarse, sin éxito, en los números y, después de cuatro intentos, volvió a mirarla. Con aquella camiseta ajustada, casi podía sentir la suavidad de su piel entre sus dedos y su cuerpo se puso alerta sin que pudiera evitarlo.

–¿Cuándo vas a terminar esa maldita investigación?

–Tengo que tener todos los datos antes de reclamar las tierras de mi abuelo...

Tyrell no pudo contenerse más y se levantó para besarla. Celine le devolvió aquel beso ansioso y desesperado, enredando los brazos alrededor del cuello del hombre. Los suaves gemidos de ella lo excitaban aún más pero, de repente, Celine se apartó.

–Hola Dan, Logan, Rio, James.

–Hemos venido a pedirle a nuestro hermano pequeño que nos ayude a descargar madera para la cerca de Rio –dijo Logan, intentando contener la risa–. Pero ya vemos que está ocupado.

–Es verdad. Adiós –dijo Tyrell. No pensaba soltar a Celine por nada del mundo.

–¿Sabéis que tengo una fotografía de Tyrell cuando tenía tres años? –dijo Roman–. Os la voy a enseñar.

–Era muy guapo –intervino James, evitando la goma de borrar que Tyrell le había lanzado.

–*Es* muy guapo –dijo Celine, pasándole un brazo por los hombros, como si fueran dos colegas–. Y dejad de meteros con él. Está muy sensible últimamente.

Tyrell y sus hermanos se quedaron mirando a Celine, que había dicho aquello muy seria.

–Puedo cuidar de mí mismo, cariño –bromeó Tyrell.

–Pues no lo parece –dijo ella, estirándose la falda, antes de salir muy digna de la habitación.

–Se te está cayendo la baba, *guapo* –dijo James, cuando Tyrell volvió la cabeza para admirar las piernas femeninas.

–¡Blaylock!

Tyrell sonrió cuando la piedra golpeó la pared de su cabaña. Era un sábado por la mañana y las nubes eran una masa compacta sobre el cielo de Wyoming. El temperamento de Tyrell estaba tan cargado como esas nubes.

El limpio olor a madera nueva llenaba su cabaña. Acababa de construir un cuarto de baño, esencial para la mujer con la que quería compartir su vida, y llevar el lavabo, bañera e inodoro a la montaña no había sido fácil, aunque el ejercicio físico evitaba que saltara sobre Celine.

–¡Blaylock! Sé que estás ahí.

–Mi dulce amor ha venido a mí –murmuró Tyrell cuando la segunda piedra retumbó contra la pared de madera–. Eso es buena señal.

Un momento después, *su dulce amor* entraba por la puerta como un huracán, cargada con una mochila.

–No puedes hacer esas cosas, Blaylock. No puedes vigilarme cada noche cuando estoy en la tienda de campaña, no puedes dejarme flores en el saco de dormir. Yo no estoy acostumbrada a esas... a esas tonterías.

–Pues es hora de que empieces a acostumbrarte. Era un mensaje, Lomax. Estoy intentando ser romántico.

–Despierta de una vez, Tyrell Blaylock. Soy Celine Lomax. A mí no me gustan las cosas románticas.

–Yo creo que sí –murmuró él, clavando los

ojos en su estrecha camiseta y los dos diminutos capullos que pugnaban por asomar.

–Eres un hombre extraño, Tyrell Blaylock.

–Tú me has convertido en un hombre extraño –replicó él–. Por cierto, ¿has encontrado lo que buscabas? –preguntó. Le dolía hacerlo, pero tenían que terminar con aquella patraña de una vez por todas.

Las mentiras de un hombre eran la única barrera que lo separaba de aquella mujer y no podía soportarlo más.

Celine apartó la mirada y no contestó. Como se imaginaba, lo que había encontrado sólo afianzaba sus dudas sobre aquello en lo que había creído durante toda su vida.

–He estado hablando con los propietarios de las tierras vecinas –murmuró ella, por fin–. Nadie recuerda que mi abuelo tuviera una casa en el cañón.

Tyrell se daba cuenta de que el corazón de la mujer que amaba estaba sangrando y no podía hacer nada por evitarlo. Le dolía más que a ella, pero Celine nunca lo creería.

–¿Cuándo vas a confiar en mí, Celine?

–No puedo. Nunca he podido confiar en nadie. Sólo en mi abuelo y ahora...

Tyrell se dio la vuelta y sacó una cadena de oro de una cajita.

–Era de mi abuela. Quiero que la lleves el día de nuestra boda –murmuró, poniéndola en su mano–. Acéptame a mí y olvídate de todo lo demás, Celine.

–¿Qué dices?

–Sólo somos un hombre y una mujer, Celine –dijo él, poniéndole la cadena en el cuello. Ella se resistió al principio, pero Tyrell la obligó. Sabía que aquella era la única mujer a la que podría amar durante toda su vida–. Olvídate de todo lo demás.

–No puedo...

–Claro que puedes –dijo él, mirándola a los ojos. El viento de la montaña aullaba con fuerza y la puerta se cerró de golpe, sobresaltándola. Celine salió de la cabaña casi corriendo y Tyrell la encontró sentada en el porche. Miraba las nubes, como buscando una respuesta, mientras el viento jugaba con su pelo. Los truenos llenaban el aire y el viento movía las copas de los pinos. Los primitivos elementos aumentaban el deseo de Tyrell hasta ahogarlo–. Eres una mujer y deberías sentirte como una mujer. No es nada malo –murmuró, atrayéndola hacia sí.

En los ojos de ella encontró la misma pasión que en los suyos. No hacían falta palabras. Toda la pasión que había contenido encontraba respuesta en Celine. Si ella lo aceptaba, significaría que lo amaba. Tyrell inclinó la cara para tomar su boca y Celine entreabrió los labios, invitándolo. Sus lenguas bailaron un baile tan antiguo como el tiempo, desesperadas, hambrientas.

Tyrell entró en la cabaña con Celine en sus brazos y cerró la puerta con el pie. En la semioscuridad, parecía un salvaje, con los músculos tensos, los ojos ardiendo. El pecho del hombre subía y bajaba con fuerza, su aliento le quemaba la cara. La tormenta sacudía la cabaña y el cuerpo de Celine le quemaba más que el sol del verano. Tyrell la dejó en el suelo y se apartó unos centímetros. Podría tomarla sin esperar, pero deseaba que fuera ella quien diera el primer paso. Celine sabía que era su elección. Podría ser suya o alejarse para siempre de su vida.

Tenía que tomar una decisión.

Tomó la mano del hombre y se la llevó a los labios para besarla delicadamente. Una hoguera se encendió en los ojos de Tyrell. En aquellos ojos Celine veía todo lo que necesitaba, todo lo que necesitaría siempre. En silencio, se desnudó frente a él.

La tormenta que había fuera no era más fuerte que la que había en su interior y la mirada oscura de Tyrell parecía marcarla con fuego, pero Celine sabía que él sería delicado. Tyrell alargó la mano para acariciarla. Primero sus caderas, su estómago... cuando él puso la mano entre sus muslos, Celine empezó a temblar.

–Yo también lo deseo –murmuró.

–Celine... –musitó él, antes de tomarla en sus brazos y llevarla a la cama. Ella lo observó desnudarse, casi una ceremonia solemne. Él le estaba dando tiempo para cambiar de opinión, para salir corriendo. Pero Celine no podía hacerlo. Había esperado aquel momento durante toda su vida. Tyrell se colocó sobre ella con delicadeza. El temblor del cuerpo masculino aumentaba su deseo. Los labios del hombre quemaban su piel, haciéndola sentir femenina, adorada, deseada.

Tyrell le había pedido que se casara con él. Y con él, se sentía deseada como una mujer.

Las manos de Tyrell temblaban mientras acariciaban la curva de su trasero. Sentía la dura excitación masculina pegada a su vientre y, en respuesta, su interior se calentaba y se humedecía.

Él apartó la sabana para admirarla. Las manos del hombre dejaban un rastro de fuego sobre su cuerpo.

–Estás ardiendo –murmuró.

–Eres tan suave, Celine.

–Estás temblando –dijo ella, acariciando la ancha espalda masculina, tensa de deseo.

–Tú también –murmuró Tyrell. Los húmedos labios del hombre sobre sus pezones hacían que se derritiera. Cuando él empezó a acariciarla entre los muslos, Celine lanzó un gemido–. ¿Tienes miedo?

–De esto no.

–¿Y de mí? –preguntó él. La luz de un relámpago los iluminó entonces.

–Sí. Me da miedo lo que esperas de mí.

Tyrell se colocó sobre ella, mirándola a los ojos con toda la ternura de que era capaz. Celine se puso tensa cuando empezó a penetrarla, pero él la besó para tranquilizarla. Cuando lo sintió en su interior, lanzó un gemido. Tyrell no quería hundirse en ella del todo, se controlaba. Después, sin moverse, alargó la mano para sacar un paquetito plateado de la mesilla.

Incluso entonces, cuando podría haber pensado sólo en su propio placer, pensaba en protegerla. A Celine la emocionaba pensar que si él no hubiera pensado en ello, podrían haber creado otra vida. Un pequeño Tyrell, fuerte y salvaje como él. La imagen desapareció cuando él empezó a moverse y el deseo se convirtió en fiebre.

Las dulces y salvajes palabras que él pronunciaba sobre sus labios la volvían loca. Celine gemía mientras él se deslizaba profundamente dentro de ella y, entonces, con el ruido de la lluvia golpeando los cristales, hundió las uñas en su espalda para no dejarlo ir, para que no pudiera apartarse ni un centímetro. El rítmico movimiento de su cuerpo se convirtió en un ritmo salvaje. Celine no se había quitado la cadena que Tyrell le había regalado y el fuego de su piel hacía que se sintiera como marcada a fuego por él. Era su mujer.

Por primera vez, entendía su poder de mujer. La mujer eterna. En aquel momento, era poseída y poseía al mismo tiempo.

Casi ahogado por el ruido de un trueno, escuchó el grito de Tyrell y el suyo propio.

Cuando el ritmo de sus corazones volvía a la normalidad, Celine encontró la paz que nunca había tenido. Celine besó la húmeda cara del hombre y él la miró, con los ojos ardiendo todavía.

–Celine –murmuró, como si hubiera encontrado lo que siempre había estado buscando.

Celine se despertó cuando él volvía a poseerla, llenándola de fuego y de deseo. Aquella vez, no se guardó nada y gritó de pasión mientras el hombre la hundía en una tormenta de fuego. El calor era aún más grande, el deseo mayor, hasta que Tyrell la llevó a un lugar que no conocía y del que no quería volver.

–Desde luego, no ha sido como mi primera vez en el asiento trasero de un coche –murmuró antes de quedarse dormida, con la sonrisa de Tyrell iluminando la habitación.

Capítulo Ocho

A medianoche, Tyrell se abría paso en medio de los truenos y la lluvia. Se sentía tan furioso como los elementos.

No había querido ninguna barrera entre Celine y él. Pero se daba cuenta de que Cutter Lomax seguía estando entre ellos. El viejo pleito seguía vivo y amargo.

La había hecho daño. Su cuerpo se había encogido de dolor la primera vez. Debería haberla protegido de su pasión, acostumbrarla al deseo de un hombre. Si se hubiera quedado, la habría poseído de nuevo. Con Celine perdía el control. Debería haber esperado más tiempo, debería haberla cortejado como se merecía. Pero, en lugar de hacerlo, la había tomado sin preguntar, como un salvaje. Ella era demasiado pequeña, demasiado inexperta para un hombre como él.

Pero no podía resistirse, no podía controlar su deseo, ni su amor desesperado. Su instinto le decía que aquella era la mujer de su vida.

Tyrell miraba al cielo, como buscando una

respuesta y, en medio de la tormenta, encontró a Celine.

–Vuelve a la cabaña –le gritó, corriendo a su lado. Parecía tan pequeña y frágil, vestida sólo con su camisa de franela.

–No entraré hasta que lo hagas tú. ¿Qué te pasa? Tienes un aspecto horrible.

Tyrell tuvo que sonreír. Celine siempre decía lo que pensaba.

–Déjame en paz –murmuró.

–¿Estás arrepentido, Tyrell? ¿Sientes haberme hablado de matrimonio? –preguntó ella. No parecía asustada, sólo parecía querer comprobar sus propios miedos.

–Esto es lo que siento, Celine –dijo Tyrell, arrancándole la camisa y dejándola completamente desnuda en medio de la tempestad, sólo con la cadena de oro brillando en su cuello. La deseaba, la temía, la amaba con todas sus fuerzas–. Te deseo ahora y te desearé siempre. Quería esperar, pero no he podido controlarme. Te he tomado y te he hecho daño. Yo quería darte algo más.

–¿Más? ¿Puedes darme aún más? Tyrell, ¿es por eso por lo que estamos peleando? ¿Porque tienes miedo de hacerme daño? –Celine empezó a reír, echándose en sus brazos. Tyrell la abrazó como si su vida dependiera de ello–. Si estás arrepentido, te mataré.

–No estoy arrepentido en absoluto, Celine.

Tú eres todo lo que quiero. Eres mi mujer. Eres mía. Pero quería darte algo más –las palabras eran posesivas y anticuadas, pero tan ciertas como lo que sentía por ella.

–Tyrell, sé sincero conmigo. Has estado escondiéndome cosas y quiero saberlo todo sobre ti. Tú conoces mi historia. Dime qué es lo que tanto te duele.

Tyrell enterró la cara en su pelo mojado.

–Debería haber vuelto cuando mi padre me llamó –admitió en voz baja–. Él no quiso contarme que habían perdido todo su dinero debido a una mala cosecha y yo no volví a Jasmine. Estaba demasiado ocupado ganando dinero para Mason.

–Tyrell, tus padres nunca te guardaron rencor. Estoy segura de ello.

–Estaba demasiado ocupado...

–¿Y ahora estás demasiado ocupado como para encargarte de mí? –preguntó Celine suavemente.

Él le pasó la mano por el pelo mojado y después la deslizó por su cuerpo desnudo.

–Vas a pillar un resfriado y será por mi culpa –murmuró.

–Sí, es verdad. Y te lo haré pagar, tendrás que ser mi esclavo –sonrió ella, con aquel hoyuelo que lo volvía loco. Celine lo abrazó con todo el calor del que era capaz. En sus brazos, el viejo dolor parecía desaparecer, reempla-

118

zado por un deseo que Tyrell sentía no terminaría nunca. Él la tomó en brazos y corrió bajo la lluvia, para llevarla de nuevo a su cama.

«Su mujer. La mujer de Tyrell Blaylock», el domingo por la noche, frente al espejo, Celine admiraba la cadena de oro con pequeñas piedras rojas que había sido de la abuela de Tyrell.

Con aquella joya, se sentía casi una diosa pagana y, definitivamente, una mujer enamorada, una mujer amada. Un dolor placentero le recordaba la fuerza y la ternura de Tyrell en la cama.

Despertarse frente a un hombre medio desnudo con una muñeca en la mano había sido una experiencia nueva para ella. Celine había intentado no llorar y apenas lo había conseguido.

–Es un regalo –había dicho él–. Venga, te he preparado el baño. Tómate el tiempo que quieras porque voy a preparar el desayuno.

–¿No soy un poquito mayor para muñecas? –preguntó ella, intentando disimular su emoción.

–No.

Una mujer. Celine se sentía como una mujer por primera vez en su vida.

–No pienses en venganzas ni en pleitos –había susurrado él en su oído. Ella no se sorprendió al oír aquello, como no la sorprendió el beso profundo, un beso en el que parecía entregarle su vida.

Aquella noche llevaría de nuevo la joya. Después, tendría que devolvérsela, por supuesto. Pero aquella noche volvería a ponérsela para él. Celine se quitó la camiscta y se quedó sólo con los vaqueros. Después, se quitó los pantalones y las braguitas y se miró desnuda al espejo.

Todo lo importante estaba allí. Celine se dio la vuelta y estudió sus curvas frente al espejo... Un segundo después, tuvo que salir corriendo al cuarto de baño porque Tyrell se había lanzado sobre ella.

–Tendré que pensar en esto –le dijo mientras desayunaban–. No me arrepiento, pero tengo que pensarlo. Es como si la tierra se hubiera abierto bajo mis pies.

–Lo sé –murmuró él.

–Perdona por... las marcas que te he hecho en la espalda.

–Para su información, señorita Lomax, estoy muy orgulloso de estas marcas. Son la señal de tu contribución. Yo no estoy tan acostumbrado a las mujeres apasionadas.

La idea de que Tyrell sólo hubiera compartido una pasión desatada con ella la llenaba de alegría.

–¿Cuántas mujeres ha habido en tu vida?

–Déjalo, Celine.

–Dímelo.

–No quiero.

–¿Cuántas?

–Absolutamente ninguna tan apasionada como tú –contestó él. Celine sonrió como el gato que se comió al canario.

–Lo de anoche no tiene nada que ver con mi única experiencia. Se llamaba Johnny y los dos éramos unos críos. Tú eres mucho más experimentado y más... grande.

–No quiero oírlo –dijo él, tapándose los oídos.

–Escúchame, tonto, quiero contarte mi vida.

Tyrell la tomó en sus brazos y, un momento después, debajo de él en la cama, se dio cuenta de que Tyrell era más un hombre de acción que un hombre de palabras. Y eso le gustaba.

–Debería irme –susurró ella más tarde en medio de un campo de flores. Tyrell la miraba con cariño, mientras le colocaba margaritas en el pelo y ella lo dejaba hacer, encantada de que aquel hombre tan poderoso pudiera controlarse con ella... a veces. Un poco después, recordaba lo que habían hecho por la mañana como si fuera un sueño. Habían montado a caballo, sin silla, y Tyrell la había llevado hasta el lugar donde quería construir su casa–. Todo esto no puede ser real. Un Blaylock y una Lo-max no pueden amarse de esta forma.

Un hombre y una mujer, había dicho Tyrell. Su mujer.

La idea de ser su mujer la emocionaba. Y la idea de ser la madre de sus hijos... la aterrorizaba. Su propia madre la había abandonado y no sabía lo que era una familia normal, cariñosa y feliz.

–Lo siento, Cutter, pero mi corazón me dice que crea en Tyrell –había susurrado más tarde, acariciando la muñeca que él le había regalado–. Durante todos estos años, tú me llenaste de rencor. Pero ahora estoy aprendiendo que la vida es maravillosa.

El lunes por la noche, en medio del campo, Celine estudiaba el rostro de Tyrell, iluminado por el fuego.

Él le había quitado las botas y masajeaba sus pies. No llevaba camisa y tenía el pelo mojado después del baño en el lago.

–Quiero que termines la investigación, Celine –le estaba diciendo–. Y dos personas pueden hacerlo mejor que una. Quiero ayudarte.

–¿Y qué va a pasar con tus clientes? ¿Qué vas a hacer con esa llamada de Mason? Sabes que te quiere de vuelta... –empezó a decir ella. La expresión en la cara de Tyrell le decía que era mejor no seguir.

–Estoy aquí contigo y eso no va a cambiar.

–Quieres protegerme, ¿verdad? No hace falta, Tyrell. Siempre he trabajado sola.

–Aquí hay serpientes de cascabel, Celine. Hay osos, zorros y todo tipo de animales. Podrías despeñarte por un acantilado. No pienso dejarte sola.

–Pero si siempre he trabajado sola y en sitios peores que éste...

–No estoy cuestionando tu habilidad para cuidar de ti misma. Lo hago por mí. Quiero que seas mi mujer y quiero tener hijos contigo, no pienso arriesgarme a perderte –la interrumpió él.

Cuando Celine se dio la vuelta, vio que él había colocado flores sobre su saco de dormir y se emocionó. Ella nunca se había sentido querida y no sabía cómo devolver todo aquel amor.

Aquella noche, Celine miraba a Tyrell que colocaba su saco de dormir al lado del suyo. Habría querido dormir con él, habría querido sentir su cuerpo duro sobre el suyo.

–¿Por qué no dormimos juntos?

–Necesitas descansar, cariño –dijo el hombre con voz ronca–. Pero te deseo con todo mi alma, si es eso lo que quieres saber.

–Tyrell... –Celine no pudo evitar poner la

mano sobre el corazón del hombre para que le transmitiera su fuerza y su calor.

Tyrell tomó su mano y se la llevó a los labios. Acercaron los sacos de dormir todo lo posible y Celine consiguió colocarse casi encima de él. Tyrell reía y su risa era como un bálsamo. Él le contó su vida desde pequeño en Jasmine, le contó que su familia siempre había sido cariñosa y unida.

—Eso es lo que quiero para ti y para mí, Celine. Y lo conseguiremos.

La primera semana de agosto, Tyrell observaba a Celine tomar notas en medio del campo. Habían encontrado otro de los mojones de los Blaylock, pero ni huella de otras marcas. Cada día ella se volvía más callada y, cada noche, él la tomaba entre sus brazos. Celine tenía pesadillas y Tyrell maldecía a Cutter Lomax por hacerla sufrir.

—Esta noche, me apetecería ir a tomar una cerveza. ¿Qué te parece?

La invitación no era exactamente lo que tenía en mente, pero sabía que quizá conseguiría alegrar a Celine.

—Sí, claro, estaría bien —dijo ella, mirando el mojón de los Blaylock que coincidía exactamente con las escrituras del terreno. Por la noche, mientras dormía en la cama con ella,

Tyrell acariciaba su pelo. Había pensado en dormir en casa de Else para proteger su reputación, pero no soportaba la idea de dejarla sola.

Aquella mañana, un vaso de agua fría en la cara lo despertó. Celine lo miraba, furiosa, mientras se ponía el peto vaquero.

–Eso es lo que tú quieres, ¿no? Que me quede durmiendo y no haga lo que tengo que hacer. Pues no pienso hacerlo. He venido aquí a hacer una investigación y la terminaré cueste lo cueste –decía, mientras se inclinaba para atarse las botas–. Hablas en sueños, Tyrell, no sé si lo sabes. «Olvídate de las tierras y cásate conmigo», decías. Pues de eso nada. Que me case con mi enemigo. Qué típico. Así, nos olvidaríamos de todo, ¿verdad?

–Te he pedido que te cases conmigo. Eso no es una fusión empresarial –dijo Tyrell.

–¿Ah, no? Pues a mí me parece que sí. Tú eres mi único cliente y compartes oficina conmigo, compartes cama conmigo...

–Estás enfadada.

–No estoy enfadada. Sólo voy a probar que mi abuelo decía la verdad, aunque me cueste un año. Y no quiero que me distraigas.

–Ah, ahora soy una distracción.

–Una muy grande –aquella admisión encantaba a Tyrell–. Y date prisa, no tenemos tiempo de desayunar. Y no te afeites.

–Me afeito por ti, cariño, no quiero borrarte esas pecas tan bonitas que tienes.

–No te permito bromas sobre mis pecas.

–Pero las tienes. Por todas partes, además –rió él.

–¡Déjame en paz!

Tyrell se levantó de la cama y la tomó por la camiseta para atraerla hacia él.

–Espero que tengamos niños, Celine. Y espero que se parezcan a ti. Pero sin tu mal genio.

Por la tarde, mientras trabajaban en el campo, volvieron a discutir y Celine lo despidió. Como revancha, Tyrell la echó de su montaña y la amenazó con denunciarla por entrar en terreno privado. Celine se alejó a grandes zancadas y, unos segundos después, volvió sobre sus pasos, para encontrarlo nadando desnudo en el lago.

–Bueno, puedes seguir trabajando para mí –dijo.

Tyrell lanzó una carcajada.

Durante la segunda semana de agosto, la paciencia de Tyrell se estaba acabando. Trabajan y dormían juntos, pero Celine lo estaba volviendo loco. Cada vez que miraba aquellos ojos verdes, se excitaba, pero día tras día observaba cómo la tristeza se apoderaba de la mujer a la que más quería en el mundo.

Debía de ser terrible comprobar que se había equivocado con su abuelo, pero para una mujer como Celine la lealtad era lo primero y no abandonaría nunca. A él le dolía tanto como a ella y sabía que no podía consolarla.

Pero, unos días más tarde, la investigación había terminado. No había más marcas que comprobar. La realidad era que los Blaylock habían tenido razón y que ella había vivido una mentira.

—La investigación ha terminado, Celine, pero lo nuestro no —estaba diciendo Tyrell. El día anterior había recibido una información importante. Habían encontrado a Elinor, la madre de Celine. Cutter le había dicho que la había abandonado porque no quería saber nada de ella, pero Cutter había mentido siempre y Tyrell quería hablar con ella personalmente—. Tengo que irme de Jasmine durante unos días, pero si te escapas, te encontraré —le advirtió.

—Nunca me he escapado de ningún sitio —replicó ella, levantando la barbilla.

—Sabía que podía contar contigo. Por eso te quiero.

—No es fácil entender a mi hermano, pero tú lo estás haciendo muy bien —le estaba diciendo Else, mientras le servía té de menta y un pastel de manzana.

–Se ha ido –murmuró ella.

A pesar de la amabilidad de Else, no se encontraba a gusto entre mujeres y echaba de menos a Tyrell. Él había dicho que la quería, pero se había marchado sin decir dónde. En su expresión había una determinación que le recordaba a la imagen del Tyrell de Nueva York. Celine hubiera deseado correr tras él, pero su orgullo se lo impedía. Él volvería, de eso estaba segura. Tyrell era un hombre que cumplía sus promesas. Pero deseaba estar con él, sentir el calor de sus brazos y escuchar los latidos de su corazón. Después de descubrir que toda su vida había estado basada en una mentira, el universo de Celine no era nada sin aquel hombre.

–Tyrell es un poco diferente de los demás. Quizá porque es el pequeño. Mis padres se sentían culpables, porque creían que ellos le habían obligado a marcharse de Jasmine –recordaba Else, mirando por la ventana–. Estaban tan orgullosos de él. ¿Sabes que es un genio de las matemáticas? Lo era ya desde pequeño y mis padres lo llevaban a un colegio especial. Pero ellos no lo querían por eso. Lo querían como nos querían a todos los demás –seguía diciendo Else, mientras se limpiaba una lágrima con el mandil–. Antes de eso, mi hermano era un niño muy feliz, pero cuando descubrieron que tenía un talento innato para los números, se convirtió en un niño muy serio, muy estudioso, como si temiera fracasar.

–Tyrell se siente culpable por no haber estado aquí cuando el accidente. Tu padre lo llamó, pero él estaba entonces centrado en su empresa y...

–¿Mi padre lo llamó?

–Tyrell cree que debería haber venido para ayudarlos cuando perdieron la cosecha.

–Mis padres pasaron un mal momento, pero todo se resolvió sin problemas. Mi hermano es tonto. Mira que creer que no podríamos arreglar la situación entre todos los hermanos...

–Tyrell necesita que lo necesiten, Else –murmuró ella–. Deberías contarle lo que me has contado a mí.

Poco después, las esposas de los Blaylock llegaron a casa de Else para jugar al póker y Celine descubrió que se encontraba muy a gusto entre ellas. Rieron, hablando de los estupendos traseros de sus maridos y de cosas de la casa, de los niños y del trabajo. Aquellas mujeres trabajaban de sol a sol, como sus maridos, y para ellas era lo más normal del mundo.

–Los padres de mi marido siempre decían que Tyrell era igual que su abuelo. Que cuando encontrase a una mujer, se la llevaría cargada al hombro a la cabaña. Pero ahora las cosas no se pueden hacer así y por eso el pobre se siente frustrado.

–Los hombres son criaturas delicadas –dijo Celine. Las demás mujeres lanzaron una carcajada.

–No se lo digas, pero es verdad –dijo Paloma.

–Es nuestro secreto –asintió Hannah–. Ellos piensan que son fuertes y peligrosos y lo mejor es dejar que lo crean.

–Nunca me habéis recordado que soy una Lomax –dijo entonces Celine.

Las mujeres se miraron y sonrieron.

–Eso no tiene importancia –dijo Else–. Eres muy buena para mi hermano y nosotros te querríamos, te llamases como te llamases.

–Gracias.

–Somos nosotras quienes deberíamos darte las gracias –sonrió Else Blaylock. Celine se dio cuenta entonces de que, por primera vez en su vida, tenía una amiga.

Capítulo Nueve

Tyrell dejó un abultado sobre sobre el escritorio de Celine. Después de una semana sin verla, tenía que hacer un esfuerzo para no lanzarse sobre ella cuando entró en la oficina.

Con un vestido ligero de flores por encima de la rodilla, los rizos pelirrojos sujetos con dos bonitas horquillas y unos pendientitos de oro colgando de sus orejas, estaba más femenina que nunca. Su sonrisa de bienvenida era como un oasis.

Tyrell había descubierto otra de las mentiras de Cutter. La madre de Celine no la había abandonado. Cutter había huido con la niña y, después de dos años de búsqueda, Elinor había conseguido encontrarlos. Pero Cutter le dijo que la niña había muerto. Incluso le había mostrado un falso certificado de defunción.

Tyrell tenía que contenerse para no besar aquellos labios que eran para él como un seguro de vida. Imaginaba cómo reaccionaría Celine cuando supiera que su madre estaba viva y no la había abandonado. Pero no podía hacerlo en ese momento. Tendría que esperar a que ella hubiera aceptado definitivamente que Cutter Lomax le había mentido durante toda su vida.

–La información que hay en este sobre te ayudará a comprender –dijo. El anillo de diamantes que llevaba en el bolsillo tendría que esperar también. El pasado podría volver a saltar sobre ellos en cualquier momento y destruir la confianza que Celine tenía en él.

Tyrell tuvo que meterse las manos en los bolsillos para no abrazarla cuando ella lo miró con aquellos ojos verdes llenos de inocencia. Había estado fuera una semana y ella ni siquiera le preguntaba dónde había estado. Estaba acostumbrada a que la gente entrara y saliera de su vida sin hacer preguntas A Tyrell no le gustaba que lo comparasen con Cutter Lomax, pero tampoco quería explicarle nada hasta que leyera los documentos que había llevado.

¿Cómo podría hablarle a Celine de su madre?, se preguntaba. Elinor era una mujer maravillosa que no había dejado de buscar a su hija hasta que Cutter le había mostrado aquella partida de defunción. Años después, había vuelto a casarse en Iowa y tenía dos hijas, hermanastras de Celine. Cutter y Link le habían hecho la vida imposible y cuando les había dicho que iba a marcharse con la niña, la habían secuestrado. Según Elinor, Link era un hombre débil, dominado por su padre.

Tyrell se pasó la mano por el pelo. Estaba deseando y temiendo que Celine leyera los papeles. Le hubiera gustado tomarla en sus brazos y decirle que todo había terminado, pero sabía que no podía hacerlo. Celine quería resolver sus problemas por ella misma.

–¿Qué te pasa? Parece como si quisieras matar a alguien.

–Lee esos periódicos –dijo Tyrell, señalando el sobre. Celine lo rozaba con los dedos como si le quemase. En aquel sobre estaban las escrituras originales de las tierras, fechadas setenta años atrás. Y, además, un montón de periódicos de la época que probaban que Cutter Lomax era un canalla y un delincuente. Celine era una luchadora y sabría reconocer la verdad, aunque le partiera el corazón.

Pero sólo cuando estuviera preparada le hablaría de su madre.

–Quiero que te cases conmigo, Celine. Encuentres lo que encuentres en ese sobre, quiero que te cases conmigo.

–Te das cuenta de lo que esto podría hacerme, ¿verdad? –musitó ella–. Los viejos periódicos suelen revelar más que cualquier escritura.

–Lo sé –dijo él.

Tyrell deseaba abrazarla con todas sus fuerzas, deseaba hacerla suya de nuevo. Pero se obligó a sí mismo a volver al camino que se había trazado para su relación con Celine. El camino tradicional que ella se merecía–. ¿Te apetece que cenemos juntos el sábado?

–¿Así de sencillo? ¡Te vas durante una semana, sin decirme dónde y ahora quieres que cenemos el sábado! –casi gritó ella.

–¿Me has echado de menos? –preguntó Tyrell, pasándole un dedo por las pecas de la nariz. Ella apartó la cara–. ¿Estás celosa?

–¿No has pensado que podría tener otros planes para el sábado? –lo retó ella, apartándose el pelo de la cara.

Tyrell adoraba aquel gesto. Era un gesto suave, femenino, que estaba aprendiendo con él. Celine estaba dejando atrás toda una vida de mentiras y dolor y aprendiendo a ser una mujer.

–No hagas ningún plan porque te necesito –susurró él.

Celine se levantó y salió de la oficina dando un portazo.

–Muy típico –murmuró Tyrell.

Las hojas de los árboles golpeaban los cristales de la cabaña, mientras Celine preparaba la comida. No sabía dónde había estado Tyrell aquella semana, pero había vuelto cansado y frustrado. Apenas pasaba por la oficina y, cuando lo hacía, casi no hablaban.

–Dame eso –dijo Celine al cachorro que, tumbado sobre la alfombra, mordía alegremente el mocasín de Tyrell–. Aunque deberías seguir mordiéndolo. Se está portando como una rata. Se va a algún sitio durante una semana, no me dice dónde ha estado y luego me pide una cita. Me lleva al lago, me besa hasta que casi pierdo el sentido y después me deja en mi casa sin... bueno, sin eso. Y luego me regala ese cofre de madera que me ha hecho él mismo, el muy idiota.

Los periódicos y las escrituras que Celine había estudiado probaban sin duda que los Blaylock habían comprado las tierras a principios de siglo. Las mentiras de Cutter habían quedado desenmascaradas y Celine necesitaba desesperadamente ver a Tyrell.

–Él lo sabía, pero me dio tiempo para que me hiciera a la idea... –empezó a decir al cachorro, que la miraba con curiosidad. Después, miró hacia la ventana golpeada por las primeras lluvias de septiembre–. Muy típico de los hombres no llegar a su hora cuando la cena está preparada. Tyrell no sabía que iba a venir, pero alguien tiene que cuidar de él.

Celine cerró los ojos, recordando el odio que su abuelo había sentido por los Blaylock. Un odio absurdo, nacido de mentiras que él mismo había creído para justificar su existencia. Tyrell Blaylock era un hombre tan bueno y tan responsable como lo habían sido su padre y su abuelo. Lo que había entre ellos no podría romperse nunca. Cada vez que lo veía, su corazón daba un vuelco y un calor infinito parecía envolverla.

Los viejos periódicos le habían mostrado sin dudas que aquella era una familia muy unida, que siempre había respetado la ley y que había hecho mucho por la comunidad. No había encontrado nada en absoluto sobre la casa que, pretendidamente, Cutter Lomax había construido en el cañón, nada sobre aquellas tierras que él reclamaba como suyas. Las únicas informaciones sobre su abuelo se referían a broncas, detenciones y estancias en la cárcel. Había sido terrible reconocer aquello, pero Celine estaba preparada para enfrentarse con la verdad. La vida de Tyrell había sido muy diferente de la suya y ella tendría que abandonar Jasmine tarde o temprano. Tendría que abandonarlo porque no había sitio para ella en una familia como los Blaylock. Ella no sabía compartir porque nadie le había enseñado a hacerlo.

–Ese cofre es para alguien que pueda guardarlo durante toda la vida y después lo pase a sus hijas y sus nietas. Yo no puedo llevármelo conmigo a todas partes –la tristeza envolvía aquella frase. Celine suspiró pesadamente. Si las cosas hubieran sido diferentes, le habría arrebatado las tierras a los Blaylock. O quizá no habría podido hacerlo. ¿Cómo habría podido arrebatarle las tierras a una familia que se deshacía en amabilidades con ella desde el primer día?–. Espero que ese lobo solitario llegue a casa enseguida –murmuró para sí misma, acariciando al cachorro.

Tyrell lanzó una maldición mientras subía por el camino de barro hasta el porche de su cabaña. Domar un potro salvaje bajo la lluvia era lo que necesitaba para calmar su mal humor. Tenía frío, estaba agotado y deseoso de tomar a Celine entre sus brazos, pero sabía que tendría que esperar hasta que ella lo buscara. Ella decidiría cuándo estaba preparada para empezar una nueva vida. Y él sólo podía esperar.

Una vez en el porche, Tyrell se dio cuenta de que había luz en el interior.

–Debo haberme dejado el generador encendido –musitó–. Estoy perdiendo la cabeza.

Else le había contado su conversación con Celine. Le había dicho, con lágrimas en los ojos, que todos habían ayudado a sus padres, que no tenía por qué sentirse culpable. Había tenido que salir de su casa a toda prisa para no ver llorar a su hermana, pero su corazón se sentía más ligero, descargado de una culpa que lo había perseguido durante mucho tiempo.

Tyrell entró en la cabaña y cerró la puerta. Inmediatamente, un cachorro se lanzó sobre él y empezó a morder sus vaqueros en un intento de demostrarle que era un perro guardián. Celine estaba en la cama, con su camisa de franela y medio dormida. El impacto de verla allí hizo que sus piernas se doblaran. Todo lo que quería en el mundo estaba allí, sonriéndole.

Suave y cálida después del sueño, Celine era una tentación demasiado grande para él. Tyrell se quitó la chaqueta mojada y la tiró sobre una silla.

–¿Qué estás haciendo aquí?

Celine se apartó los rizos de la cara.

–¿Por qué me gritas?

Tyrell se dio cuenta de que había levantado la voz y le hubiera gustado abofetearse.

–¿Por qué le dijiste a Else lo de la llamada de mi padre? –preguntó, bajando el tono. Tenía que hablar de cualquier cosa, tenía que encontrar algo en qué pensar porque si no lo hacía se lanzaría sobre ella y le haría el amor.

–Porque quería ayudarte –contestó ella. Tyrell suspiró y se sentó sobre una silla para quitarse las botas mojadas. El cachorro se lanzó sobre sus pies para morderle con sus diminutos dientecillos. –¿De dónde ha salido esto? –preguntó, riendo.

–Lo encontré abandonado en la carretera. ¿Te lo puedes creer? –contestó ella, cubriéndose con la manta–. He pensado que te vendría bien un amigo. Aunque, con el mal genio que tienes, es posible que no quiera quedarse.

El cachorro acababa de hacer un agujero en su calcetín.

–¡Socorro, que me ataca! –rió Tyrell, acariciando al animal. El perrillo se tumbó en el suelo para que le acariciara el estómago. Tyrell estudió la cara de Celine, que lo miraba ruborizada. Quería hacer el amor con él y Tyrell lo sabía–. No sonrías así, me pones nervioso.

De repente, se le ocurrió pensar que quizá ella había ido a despedirse y el pensamiento lo dejó paralizado.

–He venido porque quería verte –dijo ella por fin.

Tyrell respiró, aliviado.

–Voy a darme una ducha. Y si sabes lo que es bueno para ti, cuando salga no estarás en la cama.

–Sé muy bien lo que es bueno para mí –murmuró Celine cuando Tyrell salió de la ducha. La habitación estaba a oscuras y ella se había quitado la camisa–. Podrías meterte aquí conmigo, así el cachorro no te mordería más...

Tyrell se acercó a la cama y se quitó la toalla que cubría su cintura. Se quedó de pie frente a ella, desnudo, deseándola tanto que temía lo que podría hacerle. Su corazón se paró cuando ella apartó las sábanas para él. Una invitación que no podía rechazar. Tyrell se tumbó a su lado y la abrazó con delicadeza. Sus pechos se apretaban contra el oscuro torso masculino.

—¿Me has echado de menos? —susurró.

—Un poquito —contestó ella—. ¿Y tú?

—Mucho —susurró él. En ese momento, Celine metió la mano bajo la manta y rodeó la masculinidad del hombre con sus dedos. Tyrell la miró, perplejo. Era la primera vez que ella tomaba la iniciativa.

—¡Espera! —rió Celine, cuando él se colocó sobre ella. Había llegado a la cabaña húmedo y helado, pero no estaba helado en aquel momento. Todo lo contrario. Estaba ardiendo. Celine había encontrado un hombre diferente a los demás, un hombre en el que podía confiar plenamente. Él era fuerte y grande, pero también delicado y dulce. Tyrell temblaba sobre ella y Celine se sentía más mujer que nunca porque podía hacerlo temblar, podía hacer que se excitara con una sola mirada—. He metido mis cosas más bonitas en el cofre que me regalaste —susurró ella después.

—Tú eres lo más bonito —dijo él.

–Pero yo no tengo ningún regalo para ti.

–Que hayas venido es el mejor regalo –musitó él, besando su cuello.

–He venido porque temía que hubieras traído otra mujer a la cabaña –dijo ella, como una niña enfadada.

Tyrell sonrió. Aquella mujer no estaba acostumbrada a las palabras de amor y él tendría que enseñárselas.

Tyrell se colocó sobre ella y Celine arqueó su cuerpo, acariciando los músculos de sus brazos y su espalda, tocándolo por todas partes como si quisiera memorizar su cuerpo.

–¿Qué haces?

–Una investigación sobre el terreno –contestó ella. Las manos del hombre investigaban por su cuenta, volviéndola loca. Necesitaba estar con él, necesitaba que él estuviera dentro de ella. Nunca confiaría en un hombre como confiaba en Tyrell–. Enséñame –susurró, abriendo las piernas.

El rugido de Tyrell daba fe de la excitación que ella provocaba. Quería protegerla de su salvaje deseo, pero también deseaba hundirse en ella con todas sus fuerzas.

–Conozco esa mirada. Quieres ser suave conmigo, pero no lo voy a permitir. Lo necesito todo, Tyrell. He esperado tanto tiempo para ser una mujer con un hombre... el único hombre para mí.

Tyrell empezó a acariciar su parte más sensible sin dejar de mirarla a los ojos y, cuando estuvo preparada, entró en ella. Celine tuvo que cerrar los ojos porque la sensación era demasiado fuerte. La boca del hombre buscaba sus pezones una y otra vez sin variar el ritmo que los movía a los dos.

Él colocó las piernas de ella alrededor de su cintura y, sin dejar de acariciarla, la llenó tan profundamente que Celine se sentía completa. La tempestad se desató con toda su fuerza. Sobre ella, la expresión de Tyrell reflejaba las primitivas emociones de un hombre haciendo el amor con una mujer y, con un grito, Celine supo que se habían unido para siempre.

Cuando volvió a la tierra, Tyrell acariciaba su vientre. Celine sabía que estaba pensando en un hijo, uno que ella no podría tener porque el pasado los separaba irremediablemente.

–Eres tan perfecta –murmuró, apartando las sabanas para admirarla.

–Tyrell... –musitó ella, buscando sus labios.

–Esta vez, soy yo quien quiere aprender –la interrumpió él, deslizando los labios por sus pechos, su estómago... su vientre. Celine apretaba la cabeza oscura del hombre, sintiéndose en el cielo.

Durante la noche, volvieron a hacer el

amor. Celine se dio cuenta de que, fuera lo que fuera lo que atormentaba a Tyrell había desaparecido.

–Deja de sonreír –murmuró él.

–No puedo –dijo ella, acariciando el vello oscuro de su pecho.

Capítulo Diez

Al amanecer, Tyrell estaba en la puerta de la cabaña acariciando al cachorro. Una sensación de paz lo bañaba como nunca antes, mientras admiraba el paisaje. El día era claro y frío y podía ver el vapor que escapaba del hocico de los caballos mientras pastaban en la hierba cubierta de rocío. Bajo su abrigo de lana, el cachorro temblaba de frío y se apretaba contra él.

Una mujer suave, sensible y herida había compartido su cama y la vieja cabaña de Micah Blaylock, vacía durante años, estaba llena de aromas de mujer. Celine no había hablado sobre las mentiras de Cutter aquella noche, simplemente se había entregado a él.

Pero en el cañón la esperaba otro golpe, escondido por la maleza durante el verano y que, cuando llegara el momento, él tendría que mostrarle. Tyrell respiró el aire fresco de la mañana, deseando llevarse a Celine de allí. Podría intentarlo, pero ella necesitaba saber la verdad y la verdad estaba en ese cañón. Tyrell la escuchó moverse dentro de la cabaña. Era un momento hermoso, esperando a la mujer que amaba, esperando ver sus ojos clavados en él, esperando aquella sonrisa.

¿Cómo podría protegerla?, pensaba. ¿Qué podría decirle?

La puerta de la cabaña se abrió tras él y Tyrell sonrió cuando ella lo rodeó con sus brazos por detrás. Celine temblaba y se dio cuenta de que estaba llorando.

–¿Qué te pasa, cariño? –preguntó, volviéndose.

–Nada –contestó ella–. No lo sé. Pero no me sueltes. Eres mi áncora, Tyrell, y no quiero soltarte ni un segundo.

Él no la soltaría jamás. La abrazó y sostuvo su cabeza con las manos, dejándola llorar sobre su pecho hasta que se calmó.

–¿Te encuentras mejor?

–Este sitio es tan precioso, Tyrell... –empezó a decir. En ese momento, vieron un brillo que llegaba desde el cañón–. ¿Qué es eso? ¿Cristales? No me había fijado hasta ahora...

–Cariño, no... –intentó decir él. Celine salió corriendo hacia el cañón y Tyrell salió tras ella. Pero no pudo evitar que llegara un segundo antes. Frente a Celine, el tejado de metal, doblado y oxidado por el tiempo, de una casucha. Celine miró a su alrededor con ojos expertos, comprobando la situación frente a la montaña. Después, se volvió hacia Tyrell con lágrimas en los ojos.

–Esta es la *gran casa* de la que hablaba mi abuelo, ¿verdad? Tú lo sabías. Tú lo has sabido siempre –empezó a decir ella–. ¡Aléjate de mí, no te acerques!

En el exterior de las oficinas de Mason en Nueva York, Celine se estiró la chaqueta de su traje y se apartó los rizos de la cara. Antes de echar a andar, se tocó los pendientes de oro, un símbolo de cuánto había cambiado desde que había conocido a Tyrell. No quería alejarse de él, pero tampoco podía correr hacia un hombre cuya carrera había arruinado. Ella había intentado destruir su vida y la reputación de su familia, pero intentaría reparar el daño que había hecho. Aunque jamás volviera a verlo. La idea le rompía el corazón, pero Celine sabía que tenía que seguir viviendo.

Unos segundos, después se enfrentaba con el hombre que había sido el jefe de Tyrell. Melvin Mason necesitaba un buen programa de ejercicios y menos alcohol.

–Estoy dispuesta a pagar por lo que hice –estaba diciendo, después de explicar quién era. Para devolverle a Tyrell lo que le había arrebatado, estaba dispuesta a todo. Mason se quedó mirando sus pechos a través de la blusa y Celine se cubrió con la chaqueta–. Tyrell es un hombre honrado. No ha hecho nada malo. Yo tenía la... idea de que su familia había arruinado a la mía y cuando vi la oportunidad de destrozar su carrera, lo hice.

–Ya veo –dijo Mason–. Supongo que se dará cuenta de que le ha costado mucho dinero a mi empresa. La pena por lo que está admitiendo podría ser de cárcel –añadió, poniéndole una mano en la rodilla. Celine la apartó de un manotazo, levantándose.

–Escúcheme –le dijo, furiosa.

–Menudo genio –susurró Mason.

Celine empezó a pasear por la lujosa oficina.

–Aceptaré lo que me toque, pero quiero que le devuelva a Tyrell su puesto de trabajo. Es un hombre bueno y decente que no se merece que sus sueños se hayan roto. Es bueno, dulce, amable...

–A ver si lo entiendo –la interrumpió Mason, mirándola con ojos lujuriosos–. Usted haría lo que fuera para que Tyrell recuperase su puesto de trabajo y su reputación. ¿No es así?

–Sí. Es un hombre bueno y... –Tyrell acababa de entrar por la puerta, vestido con vaqueros y camisa de franela. No parecía muy contento–. ¿Qué haces aquí?

–Sorpresa –murmuró él, con expresión seria–. Cuando vi que te habías marchado, supe inmediatamente que habrías venido a hablar con Mason. Te conozco bien Celine.

–¡Tyrell! –exclamó Mason, acercándose para estrechar su mano. Pero Tyrell la ignoró.

–Vuelve a decir eso de que soy bueno y amable y todo lo demás –dijo, mirando a Celine.

–Podemos hablar, ¿no te parece? –intervino Mason–. Te necesito, Tyrell. Si esta mujer ha arruinado tu carrera, puedo hacer que mis abogados la hagan pagar por ello. No puedo dejar que se vaya de rositas después de haberme costado una fortuna...

–Explícame una cosa –siguió diciendo Tyrell, sin prestar ninguna atención a Mason–. Me quieres, pero has salido corriendo de Jasmine. ¿Por qué?

–Tenía que hacerlo –susurró ella. No quería volver a verlo. No quería sufrir el tormento de tener al hombre que amaba tan cerca. No quería hacerle daño–. Creo que es lo mejor.

–Tú has tomado la decisión por los dos, ¿verdad?

–¿Qué es lo que ves en mí, Tyrell? –preguntó ella. Quería saberlo. Quería saber por qué la amaba, por qué la había seguido a Nueva York y, estaba segura, la seguiría a cualquier parte.

–Veo mi vida, mi futuro y mi felicidad –contestó él. Celine se quedó sin aliento.

Mason golpeó el escritorio con la mano.

–Tyrell, deberías alegrarte por haberte librado de esta mujer.

–La próxima vez que decidas escapar de mí,

recuerda que te será imposible –siguió diciendo Tyrell, como si Mason no estuviera en la habitación.

–Siento haberme llevado tu todoterreno al aeropuerto –dijo ella–. Es que mi coche se había estropeado otra vez...

–¿Encima le ha robado el coche? –gritó Mason–. ¡Por Dios, Tyrell, no puedo creer que estés interesado en esta mujer!

–Lo estoy –dijo Tyrell, sin mirarlo.

–Te necesito en la empresa, Tyrell. Olvidemos todo y volvamos a estar donde estábamos. Tu trabajo te está esperando...

–Hemos terminado –dijo Tyrell mirando su antiguo jefe. Después, se volvió hacia Celine y le puso en la mano la cadena de oro de su abuela–. ¿Vienes a casa conmigo?

–No puedo –dijo ella, insegura–. Tengo remordimientos por lo que he hecho. Aquel día en el cañón, cuando descubrí... no podía soportar que me tocases. Me sentía sucia. Sabías que todo lo que yo había creído era una mentira y, sin embargo, querías protegerme.

–Siempre lo haré –dijo él.

–No huía de ti. Huía de mi pasado, de mi abuelo, de mi vida...

Tyrell se acercó a ella para ponerle la cadena en el cuello.

–Tú eres mi corazón, Celine. No quise decírtelo antes para no hacerte daño.

–Yo siempre había creído aquellas mentiras... siempre. Pero cuando leí los periódicos y
vi aquella choza, quise que me tragara la tierra.
Siempre había tenido esperanzas...

–Todos las tenemos, cariño. Tú querías a tu
abuelo y te ha costado mucho romper esa lealtad para con él. Debería haber más gente
como tú en el mundo.

Después de eso, hubo un largo silencio.

–He roto con el pasado, Tyrell –dijo ella entonces–. Quiero un futuro contigo. Te quiero.

–Lo sé. Lo sé porque yo también te quiero.

–No me había escapado de ti...

–También lo sé. Has venido aquí para protegerme.

–Alguien tiene que hacerlo, Tyrell –murmuró
ella.

–¿Proteger a Tyrell? –rió Mason–. Este tipo es
una combinación de hierro y acero. Será mejor
que se preocupe de la demanda que voy a ponerle, señorita... –las palabras de Mason se aho-
garon cuando Tyrell lo fulminó con la mirada.

–Tyrell, te quiero porque eres un hombre
delicado, aunque parezcas un gigante –rio ella,
comparando a su hombre con el débil Mason–. Te quiero porque podrías estar aquí ganando muchísimo dinero y, sin embargo, estás
ayudando a los viejecitos de Jasmine y a todo el
que te necesita. Y te quiero aunque no sea la
mejor mujer para ti.

–Delicado, ¿eh? Recuerda eso la próxima vez que me pegues –rió Tyrell, tomándola en brazos y cargándola sobre su hombro como había hecho la primera vez.

–Mut típico. Pero no me importa –rio ella. Casi le daba pena Mason, que prácticamente le rogaba de rodillas que volviera a dirigir la empresa–. Lo siento, pero mi hombre ha tomado una decisión –le explicó desde aquella postura extraña–. Y le aconsejaría que no insistiera. Es un hombre muy bueno, pero también puede ser una bestia.

–Haré que pague por lo que ha hecho –le advirtió Mason, frenético.

–Tendrás que levantar la empresa tú solo, Mason. Si puedes –dijo Tyrell.

Por su tono y la tensión de su cuerpo, Celine se daba cuenta de lo peligroso que podía ser cuando quería. Asustada por el pobre Mason, Celine golpeó el trasero de Tyrell.

–No merece la pena. A casa, chico.

–¿Eso es un sí? –preguntó él, dejándola en el suelo, frente a él.

–Sí –susurró ella.

–Tengo madre –murmuraba Celine momentos más tarde mientras leía la carta que Elinor le había escrito. Había sentido que, bajo los labios ardientes de Tyrell había algo escondido, un miedo oculto que no había compartido con ella. Pero Tyrell se había dado cuenta de que Celine confiaba en él totalmente y le había dado la carta cuando se dirigían al aeropuerto. Aquella vez, ella no salió huyendo. Todo lo contrario, se refugió en sus brazos.

Volaron hacia Iowa, donde Celine conoció a una madre que nunca había dejado de pensar en ella. La alegría de Elinor era compartida por su marido y sus hermanastras.

–¿Podría quedarse con nosotros durante algún tiempo? –preguntaba Elinor a Tyrell, mientras su hija lloraba sobre su hombro–. ¿Sólo unos días? La he echado tanto de menos, he pensado tantas veces en ella... tú también puedes quedarte, si quieres. Sé que mi hija está enamorada de ti.

–Lo que ella diga.

–Tú no te vas a ningún sitio, Blaylock –murmuró Celine, entre lágrimas–. Te necesito.

Epílogo

–¡Todo esto es culpa tuya! –exclamó Tyrell mientras abría la puerta de la cabaña con un hombro, el otro ocupado por su reciente esposa. La dejó en el suelo y empezó a quitarle la nieve del pelo–. Tú has insistido en venir aquí cuando podíamos habernos quedado en Jasmine. No debería haberme dejado convencer. Estás helada...

–Pues cuando lo he sugerido, parecías muy contento –lo interrumpió ella. Sus dientes castañeteaban, pero en sus ojos había un brillo de felicidad que Tyrell nunca había visto antes–. Y deja de quejarte. Lo hemos pasado muy bien subiendo la montaña con los esquís y las botas de nieve. Además, piensa lo bien que vamos a estar aquí solos.

–Si no pillas una neumonía. No te quites el abrigo hasta que encienda la estufa –le advirtió cuando ella empezaba a quitarse el abrigo para soltar al cachorro que llevaba dentro. Logo corrió hacia los mocasines que había al lado de la cama y empezó a jugar con ellos.

–Podemos empezar a construir la casa en

primavera. Mientras tanto, podríamos quedarnos aquí. Hay suficiente madera como para pasar todo el invierno y como te has traído el ordenador, puedes trabajar sin problemas.

–Es difícil decirle que no a una mujer con la que uno acaba de casarse.

–Eres tan fácil de manejar, Blaylock –rio ella, besándolo fugazmente en los labios.

–Dime eso esta noche, señora Blaylock –rio él a su vez.

Cuando la estufa estuvo encendida y la cabaña calentita, Tyrell y Celine se sentaron sobre la cama y empezaron a quitarse la ropa el uno al otro, riendo. Ella casi sentía pena por él, un nuevo marido enfrentándose a una novia que quería pasar su luna de miel en una cabaña perdida en las montañas. Estaba tan preocupado por ella, insistiendo en que estuviera calentita y cómoda que no se preocupaba por él mismo.

–Te quiero –murmuró. Y, como siempre, el corazón de Tyrell dio un vuelco al oírlo. Tyrell miró a aquella mujer fuerte asustada de su nuevo papel de esposa y madre, pero supo que había aceptado su destino. Después de conocer a su madre, se había dado cuenta de que era una mujer maravillosa y que ella podría serlo también–. Empiezo a tener mucho calor –sonrió, acercándose peligrosamente.

Sólo con mirarla, Tyrell se sentía feliz.

No había esperado la ropa interior de encaje negro que encontró bajo su ropa, ni la cadena de su abuela. La alianza brillaba en su dedo cuando Celine levantó la mano para acariciar su pelo.

–Hemos hecho un camino muy largo, ¿verdad, cariño?

–Sí. Tú llenas mi vida, Celine. Me haces sentir como un hombre completo –contestó él. Cuando ella empezó a desabrochar su camisa, él se inclinó para besarla en los labios, saboreando el futuro con ella. Tyrell la tomó en sus brazos y la echó sobre la cama–. Debería haberla calentado antes –murmuró–. Está helada.

–Tú me calentarás –dijo ella, colocándose debajo del cuerpo del hombre. Tyrell los cubrió a los dos con la manta–. Te quiero, Tyrell. Aún me resulta raro decir eso. Pero me encanta.

–A mí también.

–Eres feliz, ¿verdad?

–Tú me haces feliz. Has cambiado mi vida.

–Nuestro hijo tendrá una familia muy grande y muy feliz.

–Y tu madre será un abuela estupenda –susurró él, quitándole el sujetador de encaje negro. Celine empezó a besarlo como había aprendido a hacerlo y, en su ansia, Tyrell prácticamente le arrancó las braguitas.

Asombrado de sí mismo, iba a disculparse, pero Celine lo tomó por los hombros y lo tumbó en la cama.

–Celine, yo...

El beso hizo que Tyrell lo olvidara todo excepto el calor de su cuerpo, que se despertó a la vida inmediatamente. Tyrell aprendía a acostumbrarse a que su mujer tomara la iniciativa en el amor, mientras se colocaba sobre él con los muslos abiertos, sus caderas presionando sobre el cuerpo masculino. Tyrell acariciaba sus pechos sin dejar de mirarla a los ojos.

–Te quiero –susurró.

–Te quiero –contestó la mujer que era su vida y su futuro.

La luz del sol iluminaba la cabaña. Medio dormido, Tyrell admiraba las suaves curvas del cuerpo femenino. El primer día de casados era tan dulce que no podía dejar de sonreír. Ella se movió y, antes de que Tyrell pudiera pararla, se metió debajo de las sábanas para besar su ombligo.

–¡Oye! –gritó él, encantado, mientras ella seguía hacia arriba para mordisquear sus tetillas. Cuando su cuerpo se puso alerta, Tyrell apartó la sábana y encontró a su mujer sonriendo–. ¿Qué estás haciendo, señora Blaylock?

–Mi trabajo, cariño. Soy topógrafo y estoy investigando el terreno –bromeó, antes de que los dos empezaron a reír y, después... a amarse.

Acepte 2 de nuestras mejores novelas de amor GRATIS

¡Y reciba un regalo sorpresa!

Oferta especial de tiempo limitado

Rellene el cupón y envíelo a
Harlequin Reader Service®
3010 Walden Ave.
P.O. Box 1867
Buffalo, N.Y. 14240-1867

¡Sí! Por favor, envíenme 2 novelas de amor de Harlequin (1 Bianca® y 1 Deseo®) gratis, más el regalo sorpresa. Luego remítanme 4 novelas nuevas todos los meses, las cuales recibiré mucho antes de que aparezcan en librerías, y factúrenme al bajo precio de $2,99 cada una, más $0,25 por envío e impuesto de ventas, si corresponde*. Este es el precio total, y es un ahorro de más del 10% sobre el precio de portada. !Una oferta excelente! Entiendo que el hecho de aceptar estos libros y el regalo no me obliga en forma alguna a la compra de libros adicionales. Y también que puedo devolver cualquier envío y cancelar en cualquier momento. Aún si decido no comprar ningún otro libro de Harlequin, los 2 libros gratis y el regalo sorpresa son míos para siempre.

416 BPA CESK

Nombre y apellido	(Por favor, letra de molde)	
Dirección	Apartamento No.	
Ciudad	Estado	Zona postal

Esta oferta se limita a un pedido por hogar y no está disponible para los subscriptores actuales de Deseo® y Bianca®.
*Los términos y precios quedan sujetos a cambios sin aviso previo.
Impuestos de ventas aplican en N.Y.

SPD-198   ©1997 Harlequin Enterprises Limited

La hermosa Ianthe Brown, tan valiente como vulnerable, estaba definitivamente fuera de su alcance. Él había ido a aquel tranquilo lugar para tomar la decisión más importante de su vida, no para cortejar a la más bella mujer que hubiese conocido nunca.

Tendría que acostumbrarse a pensar en ella como en un placer prohibido: cualquier otra posiblidad sería deshonrosa. Y además, Ianthe se alejaría para siempre en cuanto descubriera que él, Alex Considine, era nada menos ¡que el príncipe reinante de Iliria!

El príncipe de sus sueños

Robyn Donald

PIDELO EN TU QUIOSCO

En otro tiempo, Jessica Caldwell y Kale Noble
habían soñado con casarse y tener hijos. Pero eso
había sido antes de que la tragedia separara a sus
familias, tan unidas hasta entonces. De repente, su
amor adolescente se convirtió en algo prohibido y los
secretos condujeron a las traiciones.

Trece años más tarde, Kale Noble apareció en la
vida de Jessica de nuevo y todavía tenía el poder de
despertar su pasión como ningún otro hombre. Pero
esa vez Jessica sabía lo que había en juego aparte de
su frágil corazón. Una hija pesaba en la balanza. Una
niña con la sangre de los Noble...

PIDELO EN TU QUIOSCO